西村京太郎

札沼線の愛と死
新十津川町を行く

実業之日本社

実業之日本社文庫

札沼線の愛と死　新十津川町を行く／目次

札沼《さっしょう》線の愛と死
新十津川《しんとつかわ》町を行く

第一章　血文字

1

　十津川《とつがわ》は、中央線《ちゅうおう》の三鷹《みたか》に越してきて三年になる。結婚してすぐ、三鷹に新居を構えたのだから、結婚後三年ということにもなってくる。それまでは、東京の中心に近い中古のマンション暮らしだったので、どこかに武蔵野《むさしの》の面影を残す三鷹の暮らしは、刺激があった。

　その三鷹の生活も四年目に入った一月の十七日は、東京に珍しく雪が降った。夕方まで降り続き、三鷹駅から出るバスは、止《と》まってしまった。夜に入って雪は止《や》んだが、バスは動かず、十津川は、雪に足を取られながら、何とか、歩いて、家に帰ることができた。

夫婦で、炬燵《こたつ》に入って、テレビを見ていると、気温が下がり降った雪が、アイスバーンになるので、気をつけるようにとアナウンサーが、いう。

そんな深夜に、電話が、かかった。

（こんな夜に何の電話か――？）

と思いながら、受話器を取ると、相手は、亀井《かめい》刑事だった。

「何かあったのか」

と十津川が聞いた。

「今、中央線の三鷹駅にいます」

と、いう。

「三鷹に？　何の用だ？」

「駅の近くで、中年の男が倒れて死んでいたという報告が、三鷹署から入りました。殺人です。雪で大変ですが、こちらまで来て頂けませんか」

「もちろんすぐ行くよ」

十津川は言葉とともに、立ち上がっていた。

「こんな夜に、事件ですか」

と妻の直子《なおこ》が聞く。

「こんな日でも、殺人犯には仕事があるらしいよ」

「場所はどこですか？」

「なんでも、三鷹の駅の近くらしい。亀井刑事たちは、もう、三鷹駅まで、来ているんだ」

「気をつけて下さいよ。雪は止んでますけど、アイスバーンになっているでしょうから」

「わかってる」

十津川は、去年菅平《すがだいら》で使ったスキーの道具を取り出し、それを持って、家を出た。

外に出ると、心配どおり、三鷹駅へ行く道路は、アイスバーンになっていた。人の気配は、ほとんどない。

十津川は、スキーをはき、ストックの先を凍ったアイスバーンに、突き刺し、ガリガリと、氷を削りながら、ゆっくりと、駅に向かって、スキーをすべらせていった。

三鷹駅から、百メートルほどのところで、数個の懐中電灯が光っているのが見えた。その中から一つの懐中電灯がこちらに向かって、近づいてきた。

「警部ですか？　亀井です」

少しばかり、寒さにふるえた声で、いった。

「ご苦労さん」

と、応じてから、十津川は、懐中電灯の輪に、近づいていった。そこは、歩道が、アイスバーンになっていて、その上に、うつ伏せに、中年の男が倒れていた。厚手のコートを着て派手なマフラーを首に巻いている。頭のあたりに、血だまりができていた。

「前から二発撃たれています」

若い西本《にしもと》刑事が、十津川にいう。

「銃を使った殺人か」

と頷《うなず》いたが、その時、十津川の目を引いたのはそのことよりも、アイスバーンの上に、血で書かれた十字のマークだった。撃たれた被害者が、必死の思いで自分の血で、凍った雪の上に書いた血文字に見えた。

「死者の伝言ですよ」

と亀井が、いう。

「十字のマークに見えるね。続いて他の字も書こうとしたんだろうか。それとも、この一つのマークで何かを示そうとしたんだろうか」

「その点は、わかりません。現在、十時三十分ですから、十時の『十』を書いたのかもしれませんから」

日下《くさか》刑事が横から自分の意見をいった。その言葉で、十津川は、反射的に、腕時計に目をやった。正確には現在十時三十二分。十時に撃たれて、その時刻を書き残そうとしたのだろうか。少し飛躍しすぎるが、そんなケースもあり得るのだ。

死体を調べていた三田村《みたむら》と、北条早苗《ほうじょうさなえ》刑事の二人が、被害者のポケットから取り出した物を、十津川に見せた。ナイフである。

「これしか、ポケットには入っていません」

それは洒落《しゃれ》たナイフではなかった。武骨な造りで、猟師が持っているナタのような感じだった。

「護身用ですかね」

と亀井が、いう。

「だとすると、被害者の方も、自分が狙われているのを知っていたかも知れないな」

十津川がいう。そのあと、

「本当に、身元を、証明するような物は何も見つからないのか？」

「念入りに、ポケットを探しているんですが、見つかったのはそのナイフだけです」

たぶんナイフ以外のものはすべて、犯人が持ち去ったのか。おくれて鑑識が到着した。その鑑識が指紋を採り、現場周辺の写真を、撮っている間、西本刑事が三鷹駅から駅員を一人連れてきた。

「この駅員さんが、被害者を、覚えているそうです」

九時頃、三鷹駅に到着した電車から降りた乗客の中に、間違いなく被害者がいたと、その駅員が、いった。

「その電車で、三鷹駅で降りたのは、何人くらいですか」

と、十津川が、聞いた。

「七、八十人はいたと思います」

「それなのに、よく、被害者を覚えていますね」

「他の乗客の皆さんはバスもタクシーも止まっているので、どんどん駅から出て行ったのに、そのお客さんだけは、駅の構内にしばらく座っていたんですよ。他の乗客の姿が消えて、五、六分してから、やっと駅から出て行ったんです。何か、心配しているような、警戒しているような、そんな素振りだったので覚えているんです」

と、駅員がいう。

「他に、被害者について、覚えていることはありませんか」

「そうですね……」

と、ちょっと、考えてから駅員がいった。

「駅の構内に、大きな、三鷹市の地図がかかっているんですが、その地図を、五、六分じっと見ていました」

「三鷹市の、大きな地図を五、六分見ていたんですね」

と駅員がいう。

大事なことなので十津川が念を押した。もし、三鷹市内に住んでいる人間なら、地図を見る必要はないだろう。というよりも、三鷹市に住んでいる誰かに会いに来た男と考えた方が、いいかも知れない。本来なら死体は、なるべく早く司法解剖のために、大学病院へ送られるのだが、この日は、都内各地で、自動車事故が続発したため、不可能になり、それで、死体は、三鷹警察署に運ばれた。

そのあと近くの病院から、医者を二人派遣して貰《もら》い、死因を調べ、診断書を作って貰った。死因を確定する必要もあったし、もう一つ、被害者の体内に残った二発の弾丸を取り出し使われた拳銃を特定する必要があったからである。

二人の外科医師のメスによって、被害者の体内から、二発の弾丸が摘出され、使用された拳銃は、旧ソ連製のトカレフと判明した。

もう一つ、早急に確定しなければならないのは、被害者の身元だった。

唯一の所持品として、被害者の背広の内ポケットに、ナイフが、残っていた。

それも、猟師が使う短刀の感じだったので、十津川は、その写真を、日本狩猟組合に送り、電話で判断を仰いだ。

答えは、すぐ返ってきた。江戸時代から、東北から北海道にかけて、山で、主として熊を狙う猟師が、身につけていた狩猟用の山刀と思われる。現在も、猟師は、身につけているが、土産《みやげ》用にも、二～三万円前後で売られているという回答だった。

「やはり狩猟用のナイフだな」

と、十津川がいった。

「そうですね、刃が分厚くよく切れますから獣を刺し殺すことも、皮を剝ぐこともできそうです」

と亀井がいう。

このナイフというより山刀が、被害者のものだったら、男の職業とか、性格と関係があるのだろうか？

たしかに、被害者の身長は一七七センチ、体重は八〇キロと、がっしりした身体《からだ》つきである。しかし、手足は、猟師のものではなかった。事務をやっている男の手であり、足だった。

翌日は、朝から前日の大雪が嘘《うそ》のような快晴だった。人々を悩ませたアイスバーンも、昼すぎには、あっさり溶けていった。

改めて、捜査本部の置かれた三鷹警察署で捜査会議が開かれた。

会議の席で、もっとも、問題になったのは血文字だった。

「十」

文字にも、マークにも見えるものだった。

十津川は、刑事たちに、自由に、これが何に見えるか、いわせることにした。

①一、十、百、千の数のマーク

②漢字の「十」

③単なるチェックの印
④何か宗教のマーク　例えば、十字架
⑤商店の名前　例えば、「十字屋」「十文字」

「被害者が、指に自分の血をつけ、アイスバーンに、何かを知らせようとして書いたものだということは、まず、間違いない。『死者のメッセージ』だ。ただ、被害者は、この一字で、何かを訴えようとしたのか、これに続いて、別の字を書こうとしていたのか、それが問題だな」

と、十津川は、いった。

「これ一字だけでは、何のことかわかりません。第一、文字なのかマークなのかさえ判断ができません。ですから、これに続く文字、あるいはマークを、被害者は書くつもりだったと考えられます」

と、亀井がいった。

「例えば、どんな字だ？」

と、三上《みかみ》本部長が、聞く。

「駅前の商店街には、十字屋というパン屋が実在します。それから、十文字という食堂もあります」

「それで、その二つの店に問い合わせてみたのか？」

「電話で聞いてみましたが、どちらも、被害者に心当たりはないと、いっていますす」

「三鷹市内に、小さな教会が、あります。屋根には、当然、十字架がついています」

と、いったのは、北条早苗刑事だった。

「もし、キリスト教、特に、カトリックの関係者なら、『十』という一つのマークでも、教会を表していると思うはずです」

「その教会には、聞いてみたのか？」

三上本部長が聞く。

「電話で聞いてみました。日本人の神父さんが、いらっしゃる教会ですが、被害者に心当たりはないが、もし、悩みを持って、うちの教会へ来るつもりだったのなら、喜んで受け入れたとおっしゃっています」

「あまり、今回の事件と関係はなさそうだな」

と、三上は、いい、

「他の意味を考えた者は？」

と、刑事たちを、見まわした。

「私は、血文字が、一つの字やマークではなく、『十』に、一本の棒をつけ加えようとしていたのか、丸で囲むつもりだったのではないかと思います」

と、いったのは、三田村刑事だった。

「例えば『十』の下に一本加えて、『土』と書こうとしたのであれば、土屋、土田という名前を書くつもりだったのかも知れませんし、○で囲めば⊕になって、薩摩《さつま》のマークになります」

「しかし、そう付け加えていくと、際限がなくなるだろう。ここは『十』は、これ一字で完成していると、考えることにしよう」

と、三上本部長が、いった。

その結果、最後に飛び出したのは、「十」は、「十津川」の最初の文字ではないかという発想だった。

それを、最初に口にしたのは、三上本部長だった。とたんに、刑事たちは、一斉《いっせい》に、同じ意見を喋《しゃべ》り始めた。どうやら、刑事たちは、最初から「十」を、「十津川」に結びつけて考えていたのだが、十津川に遠慮して、口にしなかったらしい。

三上本部長の意見のあと、十津川自身は、戸惑《とまど》いの表情で、自分の意見を口にした。

「私も一瞬、十津川の『十』ではないかと思ったが、いくら考えても、あの仏さんの顔には、見覚えがないんだ」

「たしかに、私もあの被害者には見覚えがありません」

と、亀井もいった。

「われわれの扱う事件は、ほとんどが殺人事件だ」

「そうです」

「その関係者が、何のために、私に会いにくるのか？　私が市役所の生活課の係員なら、見ず知らずの人間が相談に来ることがあるかもしれないが、今もいったように私が扱っているのは凶悪事件で、ほとんどが、殺人事件だ。まったく面識のない人間が、そんな私をわざわざ三鷹まで訪ねて来るかね？」

「そうするとやはり、被害者は、自分を殺した犯人の名前を血文字で、書いたんですかね？　その名前の最初の一字が、『十』なんでしょうか？」

「それが、私と同じ十津川か？」

「そんな偶然はちょっと考えられませんね」

といってから、亀井は急に、

「ちょっと、駅に行ってきます」

といって、捜査本部を出て行った。
十五、六分して戻って来ると、
「やはり、あの被害者は、警部を訪ねて来たのかもしれませんよ」

と、十津川に、いった。

「どうしてそう思うんだ？」

「念のために、駅に行って来ました。駅の構内にある三鷹市の大きな地図を、被害者と思われる男が五、六分じっと見ていたと駅員が証言していたのを思い出したからです。その地図を見てきました。構内にある三鷹市の、大きな地図には住宅の何丁目何番地まで、出ています。それを調べてみたんですが、警部の家の番地も、出ていました。もちろん、警部の名前は出ていませんが、間違いなく、あの地図に示されていた番地は警部の家の、番地です」

と亀井がいう。

「しかし、だからといって、私を訪ねて来たとはいえないだろう。さっきもいったが、まったく面識のない男なんだ。いくら考えても、あの被害者に会ったことはないよ。カメさんだってそういってたじゃないか」

「そうです。たしかに、私が今までに扱った事件で出会った男ではありません。ただし、あの被害者が書き残した死の伝言は、私の『亀』という字じゃなくて、警部の『十』ですよ」

三鷹駅の構内にある、問題の地図を、亀井は写真に撮ってきて、それを、テレビ画面に映して全員で見た。たしかに、十津川の家の番地が出ていた。亀井刑事のいうように、被害者は、十津川の家の所番地を知っていて、それが、三鷹市のどの辺なのかを昨夜、駅構内の地図で、探していたのかもしれない。

捜査が難しいのは、被害者が、身元不明の場合である。だから捜査は、被害者の身元確認から始めるのだ。身元がわかれば自然に動機もわかってくるからだ。

そこで、十津川は、上司の三上本部長に相談して、新聞の力を借りることにした。事件の報道の最後に、被害者の似顔絵を大きく載せ『この被害者に心当たりのある方は、至急三鷹署内の捜査本部に連絡して下さい』という、広告を載せてもらったのである。その効果は覿面《てきめん》で、何本かの電話が捜査本部にかかってきた。ところが、どの電話も、被害者の身元を明らかにするものではなかった。三日もすると情報提供もなくなった。そうなると、完全に身元不明になってしまった。もちろん、その一方、地道な捜査も行っていた。被害者の着ている服やコート、あるいは靴《くつ》などから、被害者の身元に近づこうという努力である。しかし被害者が着ていた背広、コート、マフラー、あるいは靴などのすべてが、既製品で大量生産されたものだったため、このルートから、被害者の身元に迫ることは、難しかった。

「新聞に情報依頼のお願いを載せたのになぜ情報提供者が、現われないのか、不思議です。被害者は、中年の一般市民です。着ている背広、コート、マフラー、靴などは既製品ながら、かなりいいものでホームレスとは考えられません。普通ならば家族がいたり、友人がいたりすると思えるので、その中から新聞の広告を見て、捜査本部に連絡してくるはずなのに、今になっても、そうした電話も手紙もありません。それがどうにも不可解です」

と、十津川は、首をかしげた。

「それではなぜ、被害者のことを捜査本部に連絡してくる家族や友人が、現れないと思うんだ？」

三上本部長が、聞く。

「理由は二つ、考えられます。第一は、被害者が文字通り、完全な天涯孤独だということです。今の時代、昔ほど本当の天涯孤独な人間というのは少ないと思うのですが、まったくないとはいえませんから、もし家族も友人もいなければ被害者のことを、警察に電話してくる者がいなくても不思議はありません。第二のケースは、被害者が何か理由があって家族や友人、知人全員から憎まれているというケースです。この場合も、関係者は、警察に協力しようとはしないでしょう。

しかしこの二つのケースは少ないはずです。ですから、やはり連絡のないことが、不思議で仕方ありません」

十津川は、繰り返した。

一月二十五日、事件から八日目。依然として、被害者の身元は不明のままだった。最後の手段として、被害者の歯を調べ、その特徴を書いたもの、これも新聞に載せて全国の歯科医の協力を求めたが、これも効果がなく失敗だった。このままでは、身元不明のまま、迷宮入りになってしまう。そんな、重苦しい空気の時、その日の夜になって、捜査本部に電話が入った。

女性の電話だった。情報を待っていたのでその電話に繋《つな》げたボイスレコーダーが録音を開始した。

「三鷹の殺人事件を、捜査している警察ですね」

女の声が聞く。

「そうですが」

電話に出た西本刑事が、答えた。

「絶対に、そちらから質問はしないと、約束して下さい」

と女がいう。

「わかりました」

「それから、警察にかけると、その電話はそちらが切らない限り、繋がったままなんでしょう？　私の伝言が終わったらすぐ、そちらから電話を切って下さい。それも約束して下さい。その約束ができれば、大事な情報を提供したいと思います」

「わかりました。何も質問しませんし、電話が終わったらすぐ、こちらから電話を切ることを、約束します」

「本当に、約束を、守って下さいますね？」

「約束は必ず守ります」

西本が繰り返すと、その直後に沈黙が生まれたので、西本は向こうで切ったかなと思ったが、電話は、切れていなかった。

「被害者の男性はあの日、警視庁捜査一課の十津川警部を訪ねて行ったんです」

と、いきなり女がいった。

「何の用で十津川警部を訪ねて行こうとしたんですか？」

「私の伝言は、これで終わりです。すぐ切って下さい」

それだけいって、女の声が聞こえなくなった。西本は慌てて、

「もしもし！」

と呼びかけたが、女の声は、反応してこない。仕方なく西本は、約束にしたがって、電話を切り、十津川に報告した。

「嘘か本当かわかりませんが、この電話を聞いて下さい」

西本は再生のボタンを押してボリュームを上げた。

2

「三鷹の殺人事件を、捜査している警察ですね？」

「そうですが」

「絶対に、お願いする約束を守って下さるなら、大事な情報をお伝えします」

「わかりました。約束します」

「もう一つ。警察への電話は、こちらが切っても警察が切らない限り、繋がった

ままだと聞いています。私の電話が終わったらすぐ、そちらで、電話を切って下さると約束して下さい」

「約束します」

「本当に約束は守って下さいますね？」

「約束します」

「あの日被害者は、警視庁捜査一課の十津川警部を訪ねて行くことになっていました」

「何の用で、行こうとしたんですか？」

「私の伝言は、これで終わりです」

これで終わりだった。

「これだけなんですが、信用できるでしょうか？」

西本が聞く。

「何ともいえないが、女の声にふざけた調子は感じられないな。緊張して、一生懸命喋っている」

「それなら警部は、この女の言葉を、信用されるんですか？」

「今のところ、被害者の身元は、依然として不明のままだ。女の言葉を信用しても、損はない」

十津川は、刑事たちの顔を見まわしていった。

すぐ対応する捜査会議が開かれた。しかし、女の言葉を信用するしないも半々だった。本部長の三上も、半信半疑だといったが、それでも一応、この情報を取り上げることにしたのは、他に打つ手がなかったからである。

「この女の情報を、信用するとしてだが」

三上が慎重に、いった。

「肝心の十津川警部は、被害者の男にまったく見覚えがないという。それならどうして、あんな雪の日に、被害者が自分を訪ねて来たのか、何か思い当たることはないのかね？」

三上が、聞く。

「残念ながら、心当たりは、まったくありません。それでも女の電話は信用したいと思うのです。今のところ、手がかりらしいものはこれしかありませんから」

「それで、今後、どうするつもりだ？」

「電話の女の言葉を真実と考え、なぜ女が、今になって、急に電話してきたのかを調べることから、始めたいと思っています」

と十津川が、いった。

「しかし女が、電話で、いったのは、ただ一言、あの日の夜、被害者は君を訪ねてきたということだけだろう。男の身元も教えない、女が何者なのかもわからない。これで、事件の真相に近づけるのか？」

三上が聞く。たしかに、三上がいうように、女の言葉は短すぎて、これだけでは、何もわからないのと同じだ。

「それで、こちらも、ひと芝居打とうと思うのです」

「どんな芝居を打つつもりだ？」

「明日から、捜査は中止にします。聞き込みも止め、捜査を一時的に停止します」

十津川がいった。三上本部長は首をかしげて、

「それが、ひと芝居か？　よくわからんが」

「女がなぜ、急に、電話してきたかを、考えてみたんです。彼女は、事件の関係者のはずです。普通犯人側は、警察がもたついているのを喜ぶものです。ところが、彼女は、われわれのもたつきが、我慢ならなくて、電話してきました。つまり、彼女は、そういう立場にいる人間だということです。したがって、われわれが、もたつくところを見せれば彼女は、いらついて、また電話してくるはずです」

「そんなに、うまく行くだろうか？」

「女は、われわれ警察の味方とは思えません。しかし、犯人の味方でもない気がするのです。多分、警察が、犯人を逮捕するのを、ひそかに期待しているが、表だって、警察に協力できない。だから、われわれ警察が、もたつくのは、なおさら、我慢ができないんだと思います」

「だから、こちらの芝居に引っかかるか？」

「そうです」

「わかった。ここは、君に任せよう」

と、三上本部長は、いった。

十津川は、捜査を、中止した。

聞き込みも止めた。

そして、女からの電話を待った。

しかし、女から電話は、かかって来ない。

「大丈夫ですか？」

心配して、刑事たちが、十津川に、声をかけてくる。

十津川は、顔の見えない女と、根比べをしている気持ちだった。

女は、どこかで、じっと、警察の動きを見張っているはずだと、十津川は、見ていた。

多分、いらいらしながらだ。

十津川は、そこで、警察まわりの記者たちに、わざと、捜査の難しさを、なげいて見せることにした。

「第一、被害者の身元が、まったくわからないんだよ。これじゃあ、捜査の仕様がないじゃないか」

「早くも、迷宮入りですか？」

と、記者が、突っ込んでくる。

「そうならないように全力をつくしているんだが、被害者の身元が不明じゃあ、どうしようもない」

十津川は、小さく、溜息《ためいき》をついて見せた。

芝居に入って三日目。

やっと、女の電話が、入った。前と同じように、西本が、応対した。

「もし、もし」

と、女の声が聞こえた瞬間、西本は、あの女だと、直観した。

「先日の方ですね？」

と、西本の方から声をかけた。

「先日は、約束を守って下さったので、そのお礼に、もう一つ、教えてあげます。ただ、前と同じように、今度も質問はなし、電話が終わったら、そちらから電話を切って下さい」

「約束します」

「あの日、殺された男は、十津川警部に、招待状を届けに行ったんです」

「どんな招待状ですか？」

と、西本は、聞いた。が、それに答える女の声は聞こえて来ない。

仕方なく、今回も、約束に従って、電話を切った。

その一時間後に、捜査会議が開かれた。

「あの日、あの男は、十津川警部に招待状を届けようとした」

と、大きく書いた字を、捜査会議の部屋の壁にかかげた。

まず、招待状を届けようとされた十津川が自分の考えを発表した。

「私が、どんな時に、どんな招待状を貰うかと考えてみました。私も四十歳。結婚もしました。高校、大学の同窓生あるいは先輩、後輩の中に、近く結婚する人間がいて、その招待状を貰う可能性があります。そこで、昔から世話好きだった同窓生や、先輩に電話して、招待状を出すようなことがあるかと聞いたところ、今のところ、一件もないといわれました。次は、私の職業についての招待状です。私が、凶悪犯の検挙で、日本記録を作ったとか、捜査について本を書いたとかの実績があれば、一つのグループから招待状が来てもおかしくはありませんが、私にはそんな実績がありませんから、招待状が来るはずがないのです」

「自分というものを冷静に評価して、招待状が来る可能性は、まったく考えられないかね？」

と、三上本部長が、聞く。

「一つだけ、予期しなかった方面から、招待状を貰ったことが、あります」

と、十津川が、いった。

「どこの誰が、君に招待状を寄越したんだ？」

「奈良県に、日本一広い村だといわれる十津川《とつかわ》村があります。同じ十津川ということで、一度、わが十津川家のルーツを探しに行こうと思っていたところ、十津川村の村役場の方から、逆に、招待状を頂いたことがあるんです。十津川村に、何らかの関係があると思える人たち全員に、招待状を送ったというのです。あの時は、事件を追っていたので、十津川村に行くことができませんでした」

「その十津川村から、また、招待状を、あの男が、持ってきたというわけかね？」

「それ以外に、私が、招待状を貰うことは、考えられないのです。今も申し上げたように、あの時、十津川村に行ってないのですが、そのあと機会があって訪れたことはあります。でも、もちろん、十津川村の人たち全員には、会っていません。あの男が、十津川村役場の人間でも、知らなくて当然なのです」

「しかし、君の考えでは、殺された男は、奈良県十津川村の人間で、君に招待状を持ってきたのではないかということになったんだな？」

「それが、少し違うのです」

「どう違うんだ？」

「先ほど、十津川村の村役場に電話してみたのです。向こうの返事は、二度目の招待状を出したことはないというものでした」

「十津川村と関係がないとなったら、また元に戻ってしまうじゃないか」

三上本部長は、いかにも面白《おもしろ》くなさそうな顔をした。その表情に、十津川は、苦笑して、

「奈良の十津川村は、今回、私に、招待状を出していないということでしたが、日本には、もう一つ十津川があるのです。明治二十二年（一八八九年）八月に、十津川村は、大水害に襲われています。平地が少く、村のほとんどが、山と谷の十津川村は、死者が一六八人、家屋流失六〇〇戸という損害を受け、復旧の目途《めど》が立たず、村民の二六〇〇人が、北海道への移住を決意します。移住先は、熊が

住む文字どおりの原生林だったといわれます。明治二十三年、新しい十津川村が誕生、現在は、新十津川町《しんとつかわちょう》になり、人口は、七二五一人（二〇一〇年）になっています。なお、奈良の十津川村の方は、人口四一一二人になっています」

「その新十津川町の方は、君に招待状を出したと、いっているのか？」

「いや、出した覚えはないと、町長は、いっています」

「それでは、スタートラインに戻ったわけだろう？」

三上は、また、面白くなさそうな顔色になった。

「町長は、私に、招待状を出したかどうか、調べてみるといい、五、六分間をおいてから、出していないと、いったのです」

と、十津川は、いった。

「おかしいと思いませんか？　外部に招待状を出す場合は、当然、町長名でしょう。それなのに、調べてみますといったんです。そして、五、六分もかけてから、返事をしているんです」

「たしかに、おかしいことは、おかしいが」

「多分、新十津川町に、何か問題が起きているんです。内密に何とかしたい。そんな時に、親の十津川村で、十津川という名前から、警視庁捜査一課の私に、招待状を出したことがあったのを思い出した。そこで、私に、新十津川町でも、招待状を出そうかということになったが、迷っているうちに、新十津川町の住人の誰かが、私宛の招待状を書き、それを町民の一人が、上京して届けようとして、何者かに殺されてしまったわけです。それで、向こうの町役場では、大騒ぎになってしまった。そう、私は考えたのですが」

と、十津川は、いった。

「君のその推理は、間違いないのか？」

慎重派の三上本部長が、質問する。

「電話で感じた向こうの町役場は、私の電話を受けて、明らかに、あわてていましたね。ですから、間違いないと、私は、確信しました」

「しかし、向こうは、否定したんだろう？」

「多分、町の恥と考え、それを、隠そうとしているんだと思います」

「君は、どうすべきだと考えているんだ？」

「とにかく、殺された男が、新十津川町の人間かどうか調べるつもりです。新十津川町の人間とわかれば、遠慮なく、捜査をすべきだと考えます」

「しかし、君の電話に対して、新十津川町役場の町長は、関係ないと、いったんだろう？」

「そうですが、明らかに、狼狽《ろうばい》し、否定しようとしています」

と、十津川は、繰り返した。

「それで——？」

「十津川の人間は、そんな人間だろうかと思い、図書館で十津川村について書いたものを、何冊か読んで見ました」

「どんな人たちなんだ？」

と、三上が、聞く。

他の刑事たちも、十津川を見ている。

「十津川の人々を、簡単に表現すると、勤皇と、素朴。事件をあげれば、天誅《てんちゅう》組と大水害ですね」

と、十津川は、いった。

「もっと、わかるように、話してくれないか」

と、三上。

「十津川村は平地が少なく、ほとんどが、山と谷と急流です。江戸時代は、米のとれ高によって、その国のいわゆる石高を決めていました。例えば、甲府十万石とかです。ところが、十津川村は、米がほとんどとれず、何石と計算ができないので、幕府は、十津川を天領《てんりょう》とし、税金を取りませんでした。そこで、十津川村の人々は、農業はせず、狩猟に励み、同時に、武芸に励んだといわれます」

「なぜ、武芸に？」

「いざという時、弓矢や刀で、奉公するためです。米を納めることが、できませんから」

「しかし、サムライではなかったんだろう？」

「郷士《ごうし》です。しかし、自分たちは、サムライのつもりだったと思います。ですから、幕末の頃には、十津川村では千人、二千人の郷士が、すぐ集まったといわれます」

「天領なら、幕府にとっては、信頼できる郷士たちだったわけだな？」

「それが、十津川村の人たちは、昔から、天皇が好きで、勤皇なのです」

「しかし、幕府直轄の天領なんだろう？」

「そうですが、十津川村の人たちは、自分たちは八咫烏《やたがらす》の子孫だと、かたく信じているのです」

「八咫烏というのは、神武《じんむ》天皇が東征した時、道案内をした烏だろう？」

「そうです。神武天皇が東征の時、吉野《よしの》で苦戦し、いったん、十津川村に退き、それから、八咫烏の先導で、大和《やまと》に攻め込んだといわれますが、十津川村の人たちは、自分たちは、その子孫だと信じているんです。そのため、幕末動乱の時には、競って、勤皇方につきました。それが、天誅組の乱です」

「たしか、勤皇方のつもりが、途中で、暴力集団にされて、その多くが、処刑されたんじゃなかったかね？」

「その通りです。土佐脱藩の吉村寅太郎《よしむらとらたろう》ら勤皇浪士たちが、倒幕を目的に、天誅組を作り、天皇をかついで、大和の代官所を襲撃したのですが、勤皇の志の高い十津川村の郷士千人が、これに参加しました。したがって、これを、大和の変、あるいは十津川の変といいます。ところが、京都御所を守っていた長州《ちょうしゅう》藩が、会津《あいづ》、薩摩両藩によって、京都を追われて、朝敵にされてしまった。そのため、天誅組も朝敵にされ、参加した十津川郷士は、処刑されたり、遠島になってしまいました。明治になってから、復権しましたが、これは、十津川郷士の純粋さというか、単純さを、よく表していると思います。その他、幕末には、十津川郷士たちが、天皇を守ろうと京都に行き、御所の警備についています。その志の純粋さから、孝明《こうめい》天皇は、『十津川郷士が護衛している夜は、一番安心して眠ることができた』と、話されたといわれます」

「もう一つは、明治二十二年の大水害か？」

「そうです」

「二六〇〇人が、北海道に移住したというが北海道のどの辺なんだ？」

と、三上が、聞く。

十津川は、北海道の地図を、三上の前に広げた。

「ここが、JRの札幌《さっぽろ》駅ですが、ここから、札沼《さっしょう》線が出ています。その終点が、新十津川駅です。沿線に、学校が多いので、『学園都市線』の愛称で、呼ばれていると聞きました。もちろん、私は、乗ったことがありませんが、駅の数は、札幌を入れて、三十駅、札幌から、新十津川まで二時間二十分くらいかかります。

駅名に、石狩《いしかり》という名前がつくものが、石狩太美《ふとみ》、石狩当別《とうべつ》、石狩金沢《かなざわ》、石狩月形《つきがた》、とありますから、石狩平野の中を走っている列車と思われます」

と、十津川は、説明した。

「新十津川町へ行くつもりか？」

「行かないと、この事件は、解決できないと思います」

「しかし、向こうの町役場は、君に、招待状は、出していないというのだろう？」

「それに、殺された男についても、まったく、わからないといっています。しかし、電話の様子で、被害者のことを、向こうは、知っていると思います」

「難しい相手のようだな」

「それは、覚悟しています。何しろ、十津川郷士の子孫ですから」

「どんな人たちか、よくわかっているのか？」

「初めての相手なので、一応、勉強しました。幸い、幕末から昭和にかけての『十津川人物史』という本が出ていたので、それに眼を通しました」

「その本には、どんな人間が、出てくるんだ？」

「百名の人物が出てきますが、共通しているのは、一途《いちず》で、疑うことを知らず、そのため、成功することもあるが、欺《だま》されたり、命を落としたりもする。そんな人間臭い人物たちです」

「具体的に、どんな人間たちか、教えてくれないか」

と、三上が、いう。

「中井庄五郎《なかいしょうごろう》という郷士がいます。弘化《こうか》四年（一八四七年）十津川に生まれました。剣の道に秀で、特に居合の達人だったといわれています。他の十津川郷士と同じように、勤皇の志厚く、十七歳の時に、京都に出て、長州藩士品川弥二郎《しながわやじろう》と親しくなりましたが、この品川から、同じ長州藩士の中に岡伊助《おかいすけ》という裏切者がいるので、斬って欲しいと頼まれると、何の疑いも持たずに、岡伊助を探し出して、斬ってしまいます。京都では、多くの勤皇の志士と、親しくなりますが、彼が、一番親しくし、尊敬していたのが、坂本龍馬《さかもとりょうま》だったといわれています。その坂本龍馬は、慶応《けいおう》三年（一八六七年）十一月十五日、京都近江《おうみ》屋の二階で、中岡《なかおか》慎太郎《しんたろう》と一緒にいるところを、暗殺されました。この時、刺客は、取り次ぎの藤吉に『十津川の郷士でござる。才谷《さいたに》先生（龍馬の変名）にお取り次ぎ下さい』と名刺を渡して安心させ、二階に駆け上がって、二人を斬殺したのです。この報《しら》せを聞いた中井庄五郎は、尊敬する坂本龍馬が殺されたことと同時に、十津川郷士の名前を使われたことに、激怒して、必死に、犯人を探したのです。この時、中井庄五郎は、犯人は、新撰組《しんせんぐみ》と考えていました（当時、新撰組の仕業という噂《うわさ》があり、現代でも、犯人は、確定していない）。十二月七日になって中井庄五郎は、新撰組の土方歳三《ひじかたとしぞう》たち二十数名が、京都の天満《てんま》屋にいると知ると、陸奥宗光《むつむねみつ》たち十六名と、襲撃したのです。双方四十数名が入り乱れての乱闘になりました。ところが、この時、亡くなったのは、中井庄五郎ひとりなのです。刀が鍔元《つばもと》近くで折れたのに、戦い続けて死んだのですが、他に一人も死んでいないことに考えさせられてしまいます。襲撃した方も、坂本龍馬暗殺の犯人が、新撰組ということに、自信が持てず、いいかげんなところで、戦うのを止めてしまったような気がするのです。私は、坂本龍馬の敵《かたき》を討とうとして、死んだ人間は、中井庄五郎以外に知らないのです。この時、中井は、わずか二十一歳。尊敬する坂本の敵を討とうとして、二十一歳で亡くなったのです。この一途さが、たまりません」

「他にも、十津川郷士らしい人物がいるか？」

と、三上は、聞きたがった。

「明治二年に生まれた東武《あずまたけし》がいます。彼は東京法学院（現在の中央大学）に在学中に、例の大水害に出会い、先輩と、北海道移住を考え、その実現に、奔走《ほんそう》しました。大学卒業後も北海道の開拓に従事し、雨竜《うりゅう》郡深川《ふかがわ》村に、現在の深川市の基礎を作り、そのため、深川市には、『東先生開拓頌徳碑《しょうとくひ》』が建っています。彼は、その後、政界に入り、政友会に入り、農林次官にもなっています。この東武が、他の政治家と違うのは、八咫烏の子孫らしく、明治四十四年の第二十七議会で、南北朝のどちらが正統かという南北朝正閏論《せいじゅんろん》が、起きた時、彼は南朝正統論を唱え、以後この説が有力になっています」

「太平洋戦争に関係のある人物はいないのか？」

「もちろん、います。中村修《なかむらおさむ》は大正八年（一九一九年）十津川村長殿《ながとの》に生まれました。昭和十八年（一九四三年）戦局が不利になってきた時、彼は、戦局を打開すべく、特攻に志願するのです。『神風特別攻撃隊　第五金剛隊』の隊長となり、フィリピン・ネグロス島沖で、アメリカ戦艦に体当たりして、壮烈な戦死をとげるのです。この時、二十五歳の若さです。生まれつき頭脳明晰《めいせき》で高校、大学と航空工学を専攻、優秀な航空エンジニアとなっていたのですが、祖国の危機に居たたまれず、自ら志願して、敵戦艦に体当たりしたのです」

「今まで、男ばかり紹介されたが、十津川の女性の話はないのか？」

と、三上が、聞く。

「十津川の女性は、地味で、義父によく仕え、子供を立派に育て、家を守ったことで知事から賞状を受けたといった女性が、多いのですが、それでは面白くないので、派手な女性を一人、紹介しましょう。名前は、安井芳野《やすいよしの》。とにかく、美人だったといわれていて、『山手芳野は日輪さまよ。光輝くどこまでも』と謳《うた》われたといわれています。医師と十七歳で結婚するも二十歳の時、夫に死別、当時二人の子供（四歳と一歳）がいましたが、その子二人を、伯母《おば》に預けて、大阪に出て、医学校に入学しまして、大阪赤十字病院に看護婦として勤務していた時、たまたま入院した安井男爵に見染められて結婚し、男爵夫人になりました。安井男爵との間に生まれた男の子は、頭脳明晰《めいせき》で、帝国大学を首席で卒業し、内務省に入ったあと、大阪府知事、文部大臣、内務大臣を歴任。当時、沖縄と奈良県には、大臣が出ないといわれたのですが、奈良県には、大臣が出ないが、大臣を産む母親は出たと大変な評判になったといわれています。とにかく、秘境十津川に生まれたが、男爵夫人になり、大臣を産み育てたというので評判だったといわれます」

と、十津川はいった。

翌日。

十津川は、亀井と二人、北海道の新十津川町に向かった。

「警部は、楽しそうですね」

と、亀井が、いう。

「十津川村では、ルーツ探しが外れたが、新十津川町には、十津川という人がいるかも知れないからね。それが楽しみなんだ」

と、十津川は、いった。

第二章　終着駅は無人駅

1

　十津川は、すぐには、札沼線《さっしょう》に乗ることはせず、札幌市内のホテルで一泊し、新十津川町《しんとつかわちょう》について、改めて調べることにした。

　彼が珍しく慎重なのは、あの血文字のせいだった。血文字を調べるために、札幌までやってきたが、ひょっとすると血文字に誘い出されたのかも知れないという気がしているのだ。

　東京に比べて、札幌は、新十津川町に近いだけに、新十津川町や札沼線の本や資料は、はるかに豊富である。新十津川町に行く前に、もう少し知識を頭に入れておきたかったのだ。それに、警察に電話してきた女の正体も知りたかったのだが、これは無理だろう。

もう一つの理由は、若い日下刑事を待つことであった。十津川も亀井も、奈良県の十津川村には、行ったことがあるが、北海道の新十津川町は初めてだし、札沼線に乗ったこともない。部下の刑事たちも同じだろうと思っていたのだが、日下刑事が、意外にも鉄道マニアで、一年前の冬、新十津川町へ行くのが目的ではなく、札沼線に乗りたくて、旅行してきたとわかったので、急きょ、呼び寄せたのである。

亀井に、新十津川町に関する本や資料を集めさせ、ホテルで、眼を通していたところへ、東京から、日下刑事が、到着した。

さっそく、日下刑事に、札沼線の話を聞くことにした。

「今まで、札沼線に乗ったことも、名前を聞いたこともないので聞くんだが、どんな鉄道なんだ？　終点が、新十津川になっているが、どんな駅なのかも、話してくれ」

と、十津川は、日下に、いった。

「私は、まず、なぜ札沼線というのか知りたい。札幌―新十津川間を走っているんだから、札十線じゃないのか？」

と、亀井が聞く。

日下が、去年の旅行の時に撮った写真を見せながら、二人に答えていく。

「去年旅行したのは、今回と同じ一月の下旬から二月にかけてでしたが、駅舎も、まわりの家も、雪に埋もれていましたから、北海道でも、雪の多いところだと思います。札沼線という名前ですが、以前は、新十津川より三十数キロ先まで線路が延びていて、終点の駅は、石狩沼田《いしかりぬまた》駅でしたから、札沼線と呼ばれているんです。しかし、今では札沼線より学園都市線という愛称で呼ばれることが、多いようです」

日下は、次に写真を並べて、

「これは、問題の新十津川駅です。終点ですが、駅舎に人はいません。つまり無人駅です」

「しかし、君の写真を見ると駅舎には、歓迎の看板が出ているし、何といっても、人口七千あまりの町にある駅だろう？　それでも、駅員はいないのか？」

十津川が不思議そうに、聞く。

「人口は七千余りですが、到着する列車が少ないのです。私が、去年の二月に行った時は、新十津川の駅舎もホームも、雪に埋もれていました。私を含めて、新十津川で降りたのはたった三人で、町の住人はゼロ。全員、鉄道マニアでした」

「一日何本の列車が、札幌から新十津川まで走っているんだ？」

「札幌から、新十津川まで行く列車は、一本もありません」

「しかし、札沼線だろう？　一本もないというのは、どういうことなんだ？」

「途中に、石狩当別《とうべつ》という駅があります。終点の新十津川へ行く場合は、この駅で、一両編成のディーゼルカーに乗り換えです。つまり、札幌発で、新十津川まで行く列車はないのです。いかに、乗客が少ないかおわかりになると思います」

「では、一日何本の列車が、終点の新十津川に行っているんだ？」

「実は、今年の三月二十六日に、北海道新幹線が、北海道の新函館北斗《しんはこだてほくと》まで入ってきます」

「それで、札沼線の本数も乗客も増えるわけだな？」

十津川が、聞くと、日下は、笑って、

「反対です。三月二十六日に、時刻表が変わりますが、札沼線で、終点の新十津川まで行く列車は、現在の三往復から一往復になります」

「一往復？　どうもピンと来ないんだが」

「鉄道マニアの間では有名になっています。一往復というのは、最低ですから。それ以上減らせば、ゼロになります」

「まだピンと来ないな。新十津川駅の方から見れば、どうなるんだ？」

「そうですね。新十津川駅には、午前九時二八分に、一両編成のディーゼルカーが、到着します。一日に到着するのは、この一本だけです。この列車は、午前九時四〇分に、引き返しますから、これが、新十津川駅を発車する唯一本の列車になります。私のような鉄道マニアからすると、面白い時刻表になるんです」

「たった一本しかない列車がかね？」

「だから面白いんです。午前九時二八分に、終着列車が到着します。その列車が、引き返すんですが、これが始発列車になるわけです。つまり終着列車の方が、先に着いて、そのあと、始発列車が出発するんです。こんな列車編成は、めったにありませんよ」

「そうか。マニアには、面白いか。しかし、当事者の新十津川町にしたら、由々《ゆゆ》しき問題だな」

と、十津川がいい、亀井が、

「今、私が見ている資料では、新十津川町の人口は、年々、確実に減っています」

と、その数字を並べた。

1970　10483人
1975　9527人
1980　9429人
1985　9111人
1990　8787人
1995　8363人
2000　8067人
2005　7684人

２０１０　７２５１人
２０１５　６８９５人

「間違いなく、人口は減り続けています」

「それに、札沼線の本数も、一日一往復に減るとなると、町としては危機感を持っているかも知れないな」

「それが、今回の殺人事件につながっているのかも知れません」

と、亀井が、いった。

「私は、奈良の十津川村から、こちらの新十津川町に引きつがれている歴史が、好きなんだ。だから、時代に負けずに、がんばって貰《もら》いたいと、思っている」

と、十津川が、いった。

十津川が、十津川村と、新十津川町が好きなのは、自分と同じ名前ということもあるが、それ以上に、十津川の人々が好きなのだ。

もちろん、まだ新十津川町には行ってないし、町の人々には、会ってない。しかし、新十津川町の人々は、奈良の十津川村を「母村」と呼び、十津川村の紋章を、そのまま、新十津川町の紋章に使っているという。歴史も引きつぎ、気骨や生き方も、似ているに違いないと、十津川は、思っていた。

一日間《ま》を置いて、新十津川町行きにしたのも、間違った予想を持って行きたくなかったからである。

夜おそくなって、十津川は、最後に、新十津川町を紹介する写真集に眼を通してから眠ることにした。

最初は、新十津川駅である。

小さな平屋建ての駅舎である。まだ無人駅ではなかった頃の改札口にかけられていた、「ようこそ新十津川へ」という看板が、今もある。待合室は、今も壁に古時計があって、きちんと時を刻んでいる。駅事務所は閉鎖され、昔の窓口は掲示板になっている。ストーブの煙突は残っているが、現在は、冬でもストーブは置かれていないと、あった。

駅は無人になったが、駅前には、中央病院があり、バス停も近く、平日十本のバスが走る。これは札沼線より本数が多いと書かれ、十津川をほっとさせた。

駅から徒歩五分のところにある物産館。二階のレストランの代表的な料理は、奈良の郷土料理だという。母村の料理である。

開拓記念館

農業記念館

の写真はあるが、冬期は休館と書いてある。それだけ、冬は、積雪が多いのだろう。

一つしかないホームに、停《と》まっているディーゼルカー。そこに、次のような説明が出ていた。

〈JR北海道は、減便を機に、浦臼《うらうす》―新十津川間の廃止について、新十津川町に打診する考えで地元住民から不安の声が上がっている。

北海道新聞によれば、新十津川町の町長も「住民の交通の確保が使命の組織が、事前に地元に相談もないとは許せない」と語り、現状ダイヤの維持を訴える構えを示している。とはいえ、札沼線の北海道医療大学―新十津川間は輸送密度が一日八一人で、全道平均の一日四七九一人を、大きく下まわる過疎路線である。中でも、浦臼―新十津川間は、新十津川農業高校を除き、沿線に高校が一校もなく、目立った企業もないので、通勤・通学客の利用は皆無である――〉

読んでいる途中で、十津川は、眠ってしまった。

翌日、ホテルで朝食を済ませてから、十津川たち三人は札幌駅に向かった。

三月二十六日の北海道新幹線の開業を目指して、札幌市内も、札幌駅も賑《にぎ》やかな飾りで一杯だった。

グリーンとホワイトのツートンカラーのH5系の列車のポスターで、あふれている。新幹線が、青函《せいかん》トンネルを通って、北海道に入ってくるというのが、売りなのだ。

昨日、十津川たちが泊まったホテルも、新幹線のポスターで、あふれていた。

そういえば、昨夜のテレビニュースで、北海道を根拠地とするプロ野球の球団が、新幹線と同じグリーンとホワイトのツートンカラーのユニホームを作ったと報じていた。

そんな賑やかな空気と裏腹な札沼線に乗るために、十津川たちは、十番ホームに向かった。

三月二十六日は、北海道に新幹線が走る日だが、同時に、新十津川駅まで来る札沼線が、三本から一本に減る日でもある。

一方で、新幹線が来るというので、札幌駅も祝祭ムードにあふれているのに、札沼線の十番ホームから出る列車の終点の新十津川駅は、同じ日から、三往復が一往復に減ってしまうのである。

十番ホームに、停まっていたのは、六両編成の電車だった。

十津川は何となく、一両か二両編成のディーゼルカーを想像していたので、意外な気がした。

「このまま、終点まで走っていけば、新十津川駅だって、町民だって、安心して、喜ぶんじゃないか」

と、冗談めかして、いった。

札沼線を経験した日下刑事が、十津川にいう。

「たしかに、警部のいわれる通りですが、途中の石狩当別駅から先は、がくんと乗客が減ってしまいます。私が去年新十津川へ行ったときは五人になり、さらに、浦臼という駅から先は、三人で全員が私のような鉄道マニアでした。ですから、このまま六両編成で新十津川まで行ったら、間違いなく五両は、空気を運ぶことになってしまいます」

「一列車だけになったら、終列車が先に着いて、そのあと始発列車が出るといっていたね。そう書かれた記事も読んだ」

「鉄道マニア的な発想ですが、終着駅が無人駅というのは、いくつかあるんです。しかし、駅の構造は、たいていホームが二つあります。ホームが片側だけの無人の終着駅というのは、新十津川駅だけです」

「なるほどね。ホームが片側だけだと、列車が入っている時は、他の列車が入れない。したがって、一列車だけになると、どうしても、終列車が、始発より先になってしまうんだ」

「そうです。ホームが二つあるか、ホームの両側に停まれる島式ホームなら、終列車が着くより先に、もう一両を出発させられます」

「しかし、そうなると、一列車だけでなく、二列車になってしまうね」

「新十津川町としては、その点を強調して、最低二列車にして欲しいと要求したんじゃありませんか」

と、日下が、いった時、十津川たちの乗った電車が動き出した。

2

駅のホームに立つ表示板に「札沼線」の名はなく、「学園都市線」になっている。たしかに、札沼線という名前は、今の路線では、似合っていないのだろう。

車内は、学生やサラリーマンの感じの乗客で、八割ほど埋まっていた。

しばらく、札幌市内を下に見て走る。高架なので、窓からの展望はいい。冬季オリンピックで使われたスキーのジャンプ台も、視界に入ってきた。やはり、北国である。

次の桑園《そうえん》駅で、函館本線と分かれ、学園都市線の線路だけになり、北に向かう。

今日は晴れているが、どこにも雪が残っていた。

やがて高架ではなくなり、住宅地の中を走る。

「東京の住宅地と同じですね」

と、亀井が、いった。

よく似たプレハブの家が並び、マンションが林立しているところは、たしかに、東京と同じである。それに、十津川たちが乗った電車も、東京の通学、通勤列車の感じなのだ。

しかし、よく見れば、家の屋根から、煙突が飛び出していて、北国の北海道なのだと気がつく。

「あいの里教育大」駅に着く。

学園都市線の象徴のような駅である。

駅舎は、小さく、可愛《かわい》らしい三角屋根だが、駅の北と南に出入口があり跨線橋《こせんきょう》でつながっている。その両側に、教育大の高いビルが、建っていた。

列車は、石狩川を渡る。

とたんに、窓の外の景色が一変した。

人家が少なくなり、広大な農地が広がっている。いや、一面の雪景色である。

「北海道ですね」

と、亀井が、いった。

石狩当別駅に着く。

新十津川へ行く人は、ここで、乗り換えである。

日下に、いわれていたのだが、やはり、不思議な気分である。

線路が、この先も延びているからだ。現実に、十津川たちが乗ってきた六両編成の電車は、次の「北海道医療大学」駅まで行くのである。それでも新十津川へ行く人は、ここで、乗り換えなのだ。

しかも、ここまで乗ってきた電車は、シルバーのスマートな電車だが、ここで乗り換えるのは、たった一両のディーゼルカーで、かなり、くたびれている。都落ちの感じがした。

しかも、すぐには、発車しない。

一時間近く待ってから、ディーゼルエンジンの音を、ひびかせて発車した。

車内は、十人足らずの乗客である。

次の「北海道医療大学」駅から先は、非電化区間になる。

しかし、なぜここで乗り換えでなく、一つ前の石狩当別なのか、十津川には、わからないうちに、ディーゼルカーは、発車した。十津川にわかるのは、車両も違うし、乗客も違うということだった。

小さな無人駅が続く。

ホームも、駅舎も雪に埋まっている。誰も降りないし、誰も乗って来ない。

十津川は、他の路線の無人駅をたくさん見ているが、こちらの路線は少し雰囲気が違うと思った。

広大な広野の中に、小さなホームがある。しかし周辺には、何もない。そのホームも、小さな駅舎も、いい合わせたように、雪に埋まっている。それが何駅も続くのだ。駅も無人なら、その周辺、何キロも無人に見える。

やっと、終点の新十津川駅に着いた。

町より少し離れているのか、駅舎もホームも、まわりには何もなく、雪に埋もれていた。

駅舎の正面には、「歓迎・ようこそ新十津川へ」と書かれた看板がかかっていたが、その看板も、くたびれて汚れていた。

昔は、その看板に迎えられて、改札口を通って行ったのだろうが、今は無人駅なので、改札口を通らなくてもホームに上がれてしまう。

　ここでは、五人の乗客が降りたが、十津川たち三人以外の二人は、雪に埋まったホームでしきりに、周囲の写真を撮っていたから、地元の人間でなく、鉄道マニアなのだろう。

　十津川は、駅舎の中を見まわした。壁の柱時計は、無人の中で、正確に時を刻んでいた。駅員がいた時の駅事務所は、窓口が閉鎖され、掲示板に変わっていた。その前にはノートとスタンプが置かれ、アイヌの木彫り人形が置かれている。その他、新十津川駅の歴史を書いた紙が、壁に貼られていたりする。

　無人の駅舎には、当然、暖房は入っていない。ストーブの煙突が残っているだけだ。

「寒いですね」

　と、亀井がいったが、それが、

「寂しいですね」

　と、聞こえた。

　この調子だと、そのうち新十津川駅も、ここへ来る列車も廃止されてしまうかも知れない。

駅舎の中には、現在の時刻表が、かかっていた。

新十津川駅　発車時刻表
石狩当別方面　　到着時刻
9：41　石狩当別行　9：28
12：59　〃　12：37
19：22　〃　18：56

これを正確にいうと、純粋に、新十津川駅を発車する列車はなくて、石狩当別から来た列車が、引き返すということである。

三月二十六日からは、時刻表に載る列車は、一本だけになる。

新十津川駅　発車時刻表
9：40　石狩当別行　9：28　到着時刻

こういう時刻表になるだろう。純粋に、新十津川発の列車は、一本もないのだから、石狩当別駅から来る列車が、事故で来なければ、新十津川から札幌方面に行く列車は、なくなってしまうのだ。

札沼線が、三月二十六日に、三本が一本に減らされる。次は、路線と新十津川駅が廃止されることを、町の人々は、心配しているのかも知れない。

3

十津川たちは、町に一社あるタクシー会社に電話して、駅に迎えに来て貰った。

スノータイヤのタクシーが来た。

乗り込んでから、

「一面の雪ですが、大丈夫？」

東京育ちの十津川が聞くと、運転手は、

「大丈夫ですよ」

と、笑顔を作った。雪には慣れている感じだった。

「それでは、まず町役場を見たい。外から見るだけでいい」

と、十津川は、いった。

タクシーが走り出すと、すぐ、町なかに入った。道路上の雪は除かれていたが、雪が多いのだろう。ところどころに、大きな雪の山ができていた。

町役場は、四階建ての立派なものだった。その役場の前には、本にあった「望郷の碑」が建っていたが、その碑も半分くらいが、雪に埋まっている。

町役場の前には、他にバスの停留所も見えたが、その標識も、下半分が、雪に埋まっていた。

「次は、この町の代表的場所が見たい」

と、十津川は、いった。

運転手が、連れていったのは、出雲大社《いずもたいしゃ》だった。

巨大な鳥居をくぐると、茅《かや》ぶきの立派な社殿が見えた。島根県の出雲大社と同じ、大きなしめ縄が張られている。屋根には、半分ほどに、雪が残っていた。

十津川たちは、社務所で、この社の歴史を聞いた。

明治になってから、政府は、神道を国教とする、いわゆる廃仏毀釈《はいぶつきしゃく》の命令を出した。このため、日本のいたるところで、寺にあった有名無名の仏像が破壊された。

この時、十津川村では、十三ある神道の中から大国主命《おおくにぬしのみこと》をまつる出雲大社教を選んだ。大国主命の優しさが、理由だったといわれる。「いずもおおやしろ教」である。

奈良の十津川村の人たちも新十津川町の人たちも、すべて、出雲大社教の教徒になった。そこで、新十津川町には、立派な出雲大社が建てられ、出雲大社分院と、呼ばれている。こういうところは、十津川の人たちは、徹底しているのだろう。信仰心の強さといってもいい。

三番目に案内されたのは、変わった造りの「物産館」だった。正面から見ると、眼と口があって、竜宮城のようにも見える。

一番関心を引くのは、屋上に飾られた大きな鯨《くじら》の模型である。

中に入ると、この近くで発掘された鯨の化石が飾られて、このあたりが、海だったことも、屋根に鯨の模型があった理由もわかってくる。なお、物産館の別名は「食路楽館《くじらかん》」である。一階は、土産物《みやげもの》売り場で、自慢は米と酒である。米の名前は「ゆめぴりか」と「ななつぼし」、酒は「金滴《きんてき》」と書かれている。米と酒が自慢なのは、わかる気がした。

この町の人々が母村と呼ぶ奈良県の十津川村は、平地が少なく、昔から米がとれなかったからである。母村への思いといえば、一階には、やたらに、奈良県十津川村の特産品が並んでいた。

奈良扇子、奈良うちわ、奈良漬、あまごの甘露煮、十津川ゆべし、吉野杉を使った木製品。

どれもこれも、母村である十津川村への町民の思いが、わかるものばかりだった。

二階が、レストラン「くじら」になっているので、十津川たちは、昼食をとることにしたが、ここの代表的な料理を聞くと、「とりめん」と「めはりずし」だという。

とりめんは、奈良の郷土料理をアレンジしたもので、めはりずしは、和歌山県が有名だが、奈良の十津川の郷土料理でもあるという。

「参ったね」

と、いいながらも、十津川たちは、とりめんにめはりずしがついた、六百五十円の「とりめんセット」を注文した。

このレストランの会計をやっているのが、去年まで、町役場で働いていた男だと聞いて、十津川は、その野中《のなか》という男に会った。

十津川は、東京から持ってきた写真を見せた。血文字を残して死んだ男の写真である。

「東京で殺された男なんですが、新十津川町の人ではないかといわれるんですよ。この町の役場にいた人じゃありませんか？」

と、聞いてみた。

「いや、こんな人は、町役場にはいませんでしたよ」

と、野中は、あっさり否定した。

「では、この新十津川町の人ですかね？」

「七千人の町ですから、全員の顔は覚えていませんが、私の知る限りでは、新十津川町の人じゃありませんね」

と、いう。否定の仕方から見て、どうやら、町役場の人間ではないらしいと、十津川は、思った。

「今日は、この町に泊まりたいんですが、適当なところは、ありませんか？　調べたんですが、ホテルとか旅館という名前が、見当たらないので」

「それなら、近くに、ふるさと公園があります。野球場とかテニスコートなんかがありますが、温泉もあるし、泊まる場所もあります」

と、野中は、教えてくれた。

タクシーに戻ると、十津川は、「ふるさと公園」といってから運転手に、

「運転手さんは、この町の人？」

と、聞いてみた。

「いや。家は、川向こうの滝川《たきかわ》です。そこに住んで、新十津川町のタクシー会社で働いているんです」

「それなら聞きたいんだが、最近、この町で何か事件は起きていませんか？」

「これは噂《うわさ》で、私自身が見たわけじゃないんですが、夜になると、魔法使いが出るという噂があるんですよ」

「え？　魔法使い？」

と、十津川は、呆気《あっけ》にとられてしまった。予想外の答えだったからである。

「そうなんですよ。この町の二人の娘さんが日を置いて、夜おそく、魔法使いを見たというんです」

「どんな魔法使いですか？」

「なんでも、真っ黒な服を着て、同じく黒い帽子をかぶっていて、突然、娘さんの前に現れ、二階の屋根まで跳《と》び上がったというんですが、まあ嘘《うそ》ですよ」

と、運転手は、自分の話を自分で否定して見せた。

「どうして嘘だと思うんですか？」

「二階の屋根といったら、六、七メートルはありますよ。跳び下りることなら、できますが、跳び上がるのは、不可能でしょう。高跳びの世界記録だって、せいぜい三メートルですよ。だから、嘘だというんです。多分、猿でも出てきて、娘さんと鉢合わせをしたんで、びっくりして屋根に跳び上がって、逃げたんですよ」

「ここの警察は、この話、調べているんですか？　たしか、ここは、滝川警察署の管内で、駐在所が、三つあると聞いたんですが」

「ええ。町には、新十津川、花月《かげつ》、大和《やまと》と三つの駐在があります。そこのお巡《まわ》りさんが、一応、調べることはしたらしいですが、野猿か、イヌワシを見誤ったんだろうという結論を発表して、それで終わりですよ」

「二人の娘さんが、魔法使いを見たんですね？」

「そうです。正月に一回と、一月の半ばに一回です」

タクシーは、ふるさと公園に入って行った。

なるほど、野球場やテニスコートなど、競技施設がそろっている。

その競技者たちが食事や宿泊するための施設として、「グリーンパークしんとつかわ」と、「サンヒルズ・サライ」という大きな建物が眼に入った。どちらも、建物は立派だが、ホテルというより、選手たちを泊める施設だった。

それでも、運転手が、話してくれて、十津川たち三人は、サンヒルズ・サライに、泊まることができた。

その中に、焼肉コーナーがあって、そこで、夕食をとることにした。

「タクシー運転手の話を、どう思うね？」

と、十津川は、亀井と日下の二人に聞いた。

「魔法使いというのは、ちょっと信じられませんね」

と、亀井が、いった。

「この辺り、今でも野猿が出るんじゃありませんかね。今、二月で、山には、食べものがない時ですから、町に野猿が下りてきたんじゃありませんか？」

「それはないと思います」

と日下は、いった。

「日本猿の北限は、青森の下北半島だと聞いたことがあります。だから、北海道には、野猿はいないと思います」

「じゃあ、君は、魔法使いが、本当に現れたと思うのか？」

と、十津川が、聞く。

「いや、私も魔法使いは、いないと思います。二階の屋根は、六、七メートルの高さがありますから、人間が跳び上がるのは無理です。野猿はいないと思いますが、オオワシとか、エゾフクロウだと思います。突然、飛び立ったので、若い女性が、びっくりして、魔法使いだと見違えたんだと思います」

日下がいう。十津川も魔法使いの話は、違うなと思ってはいたが、二人の娘が目撃したことに、引っかかっていた。

ちょうど、食事を手伝ってくれているここの女性従業員をつかまえて、

「この町で、一月頃に、魔法使い騒ぎがあったと聞いたんですが、本当ですか？」

と、聞いてみた。

「どういったらいいのかしら？」

と、相手が、眼をしばたいている。それを見て、

「ひょっとして、目撃者の一人は、あなたじゃないんですか？」

と、十津川が聞いた。

女性従業員は、肯《うなず》いて、

「そうなんですけど、私の話を誰も信じてくれないんですよ」

「私は、信じますよ」

と、十津川は、彼女を励まして、

「だから、どんな状況で、魔法使いを見たのか教えて下さい」

「私の場合は、二階屋の屋根じゃないんです。一月十三日でした。仕事の都合で、帰りが午後十時になっていたんです。ふるさと公園を出た所にバス停があって、

バスが停まっていました。最終のバスで、時間がくるのを、待っていたんだと思います。バスの横を通ろうとしたら、突然、バスの屋根から、真っ黒な人間が、跳び下りてきたんです。黒ずくめの服装で、黒っぽい帽子をかぶっていたと思うんですが、とにかく、真っ黒なものが、跳び下りてきたんで、びっくりして、立ちすくんでいたら、今度は、ぱっとバスの屋根に跳び上がったんです。魔法使いだと思いました。だって、大型バスの屋根に、跳び上がったんですよ。魔法使いは、すぐ、姿を消してしまいました。きっと、バスの反対側に跳び下りたんだと思いますけど、誰も信じてくれないんですよ。バスの屋根から跳び下りるのは、誰だってできるけど、跳び上がるのは、誰にもできっこない。私が嘘をついているというんです」

と、彼女は、口惜《くや》しそうに、いう。

「バス停に、バスが停まっていたといいましたね？」

「ええ。あれは、終バスだと思います。時間待ちをしていたんです」

「それなら、運転手は、もう乗っていましたね？」

「ええ。でも、お客さんは、乗っていませんでした」

「運転手は、魔法使いを、見たかも知れませんね？」

「見たはずなんです」

「と、いうと、見たんですね？」

「ええ。あの時、バスの運転手さんも降りてきて、何か叫んでいたんです。誰にも信じて貰えないんで、お巡りさんには、運転手さんも見ていたと、いったんですけど」

「あなたを助けてくれなかったんですか？」

「ええ。平気で、何も見ていなかったというんです。バスから降りてきて、魔法使いを見て、叫んでいたのに」

「その運転手の名前は、わかっているんですか？」

「広田《ひろた》さんです」

「何という会社のバスですか？」

「町営バスです。だから余計、腹が立つんですよ。町営バスの運転手ならこの町の職員ですから」

「たしか今年の正月にも、町の若い女性が、夜、魔法使いを目撃していますね？」

「そうなんです。その時は、バスではなくて、果物店の二階の屋根に、跳び上がっているんですけど、バスの屋根より高いので、町の人は、なかなか信じませんでしたよ。正直、私も、最初この話は信じませんでした。不可能ですもの。一月の十三日の夜に、同じ魔法使いにぶつかってから、信じましたけど」

「駐在所の巡査にも、いったんですか？」

「ええ。そうしたら、一週間、夜の町を巡回してくれたんですけど、そのあとは、何もしてくれません。駐在さんも、私の話を、信じていないんですよ」

「あなたが、一月十三日に目撃したあと、魔法使いは、現れないんですか？」

「わかりません」

「どうしてですか？」

「だって、三人目の人が、魔法使いを見ていても、誰も信じてくれないと思って、黙っているかも知れませんもの」

「三人目の目撃者がいるんなら、ぜひ会いたいですね。見つかったら私に知らせて下さい」

「お客さんは、刑事さんでしたね？」

「東京の刑事です。この町で、問題が起きているという話を聞いたので、興味を持って来てみたんです。実は、東京でも、魔法使いが出たという噂があるんですよ」

十津川は、ちょっとだけ嘘をついた。

「それなら探してみます」

と、彼女はいってくれた。

翌日の朝食に、この町の名物だという、鴨南蛮《かもなんばん》を食べていると、そばコーナーに、焼肉コーナーの彼女が、入ってきて、

「三人目の目撃者が見つかりました。やっぱり、信じてくれないと思って、見たことを、黙っていたみたいです」

「すぐ、会えますか？」

「お昼休みまで待って下さったら、刑事さんを、案内しますよ」

と、彼女が、いう。

そこで、十津川たちは、昼まで、サンヒルズ・サライの中で時間をつぶすことにした。

昼になったので、サライの中のカフェで、軽食をとっているところへ、彼女がやってきて、

「行きましょう」

と、声をかけた。

十津川たちを、案内したのは、物産館近くのジンギスカン料理の店だった。

第三の目撃者は、この店で働いている女店員だった。彼女の名前は、原田《はらだ》きみえ、二十一歳だという。十津川は、店の主人に断ってから、近くのカフェに連れ出し、そこで、話を聞くことにした。

四人分のコーヒーを頼んでから、

「あなたも、魔法使いを見たそうですね？」

「二月一日の夜です。店が終わって、家に帰る途中で、魔法使いを見たんです。でも、誰も信じてくれないんですよ」

「いや、私は信じますよ。だから、その時の様子を、話して下さい」

「夜の九時過ぎでした。家の近くまで来た時、眼の前に、全身黒ずくめの人が、突然、現れたんです。背の高さは、一八〇センチは、あったと思います。黙って、

私の眼の前に、立ちふさがったので、私が、悲鳴を上げたら、ポーンと、そばの家の二階の屋根に、跳び上がったんです。あんな真似《まね》は、普通の人間はできませんから、魔法使いだと思ったんです」

「そのあとは？」

「びっくりしていたら、すうっと消えてしまいました」

「相手は、声を出しましたか？」

「笑い声を立てたような気がするんですけど、ただ怖かったので、自信はありません」

「それでも、笑い声を聞いているわけでしょう。どんな笑い声ですか？　アハハか、ケケケか、カカカか」

「ケケケだと思います。鳥の鳴き声みたいだったから」

「魔法使いのことを誰かに話しましたか？」

「家の近くに、駐在所があるんです。だから、その駐在のお巡りさんに話したんですが、信用してくれませんでした」

「しかし、あなたで、三人目ですよ。三人も目撃者がいるんだから、なぜ、信用されないんですかね？」

「お巡りさんは、魔法使いを、見ていないからだと思います。二階の屋根に、跳び上がるなんて、見ていなければ、信じられませんものね」

と、原田きみえは、いう。

たしかに、助走もつけずに、二階屋の屋根に跳び上がるのは、並みの人間には、無理だろう。しかし、すでに、三人も、若い女性が、目撃しているのだ。なぜ、信じないのか。

「今でも、夜おそく、ひとりでいると、また、あの魔法使いに出会うんじゃないかと、不安になってきますよ」

と、原田きみえは、いった。

「あなたは、また、現れるのではないかと思うと怖いという。駐在所の巡査が、それを信じようとしないのは、町民に対する裏切りですね。私は、東京の刑事ですが、あなたたちの話を信じますから、何とか、魔法使いの正体を、はっきりさせますよ」

と、十津川は、約束した。

4

十津川たちは、予定の行動を、取ることにした。

これから町役場に行き、話を聞くのだ。

今日も快晴なので、町役場周辺の除雪作業が続いている。きれいになった道を通って、町役場に入り、受付に警察手帳を示して、東京の事件のことで相談したいと告げた。

その結果、十津川は、岸辺《きしべ》という副町長と話し合うことになった。広い町長室を使わせて貰った。若い女性職員が、コーヒーを運んでくれた。

十津川は、まず、東京で起きた殺人事件を説明した。

「東京で、私に会いに来たと思われる男が、何者かに殺されました。男は、新十津川町の住人のような気がするので、調べて貰えませんか」

十津川は、持参した男の写真を岸辺に見せた。

岸辺は、ちらりと写真に眼を走らせただけで、

「この人は、新十津川町の人間じゃありませんね」

「失礼ですが、住民七千人の顔を、全部覚えておられるんですか？」

十津川の言葉に、岸辺は、明らかに、むっとした顔になって、

「この年代の住人の顔は、全員知り合いで覚えています」

と、いう。

十津川は、わざと、話題を変えて、

「こちらは、日下刑事で、鉄道マニアです。昨日、札幌から、札沼線で、こちらに来たんですが、新十津川駅のことで、心配になったというのです。彼の話を聞いて下さい」

と、いい、岸辺の気持ちに構わず、日下が、口を開いた。

「昨日、札沼線、別名学園都市線で、この新十津川町にやってきました。鉄道マニアとしては、終点が、無人駅だということに興味があったんですが、こちらに来て、もっと、興味のあることに、気がつきました。三月二十六日に、新函館北斗駅まで、新幹線が、青函トンネルを抜けてくるんですが、時刻表の改正の日でもあります。この改正で、新十津川駅が、大変なことになることが、わかりまし

た」

と、日下は、喋《しゃべ》る。

「今、無人の新十津川駅には、三往復の列車が、来ていますが、三月二十六日からは、たった一往復の列車しか来なくなるんです。もちろん、この町の人たちは、このことは、知っていると思いますが、ひょっとすると、この変更の大きさについては、まだ、ぴんと来ないんじゃありませんか？　というのは、町のどこを見ても『三月二十六日の学園都市線変更に反対する』というプラカードが、見られないからです」

「時刻表の改正のことは、知っていますよ」

「しかし、その重要さには、気づいておられないんじゃありませんか？」

と、日下は、続ける。

「この新十津川町の人口も、年々、減っていると聞きました。その上、新十津川駅に到着する列車が一往復に減ってしまったら、ますます、寂しくなるんじゃありませんか」

「しかし、鉄道マニアの日下刑事としては、面白いんじゃありませんか？」

「そうですね。終着駅の新十津川駅に一往復しか列車が来ないということですからね。三月二十六日から新十津川駅に来るのは、一本だけ。午前九時二八分着の列車です。これ一本ですから、奇妙なことに、午前九時二八分着が、終列車になるんです。折り返して、この列車が、九時四〇分に、発車するので、新十津川駅から見れば、始発列車になるわけです。これは、言葉遊びみたいなものですが、こうなります」

終着　午前九時二八分着
始発　午前九時四〇分発

「これでは、新十津川駅まで来る列車は、なくなってしまうかも知れません。一往復の次はゼロですから」

と、日下がいい、それに続けて、十津川が、いった。

「ですから、今、この町の中で、問題が起きるのは困るんじゃありませんか?」

「何のことをいっているのか、わかりませんが」

「もちろん、女性三人が目撃している魔法使いのことです。信じられないというだけではなく、真面目《まじめ》に、この事件を調べるべきだと思いますがね」

「しかし、助走もつけずに、二階建ての家の屋根に跳び上がるなんて話を信じられますか？」

と、岸辺が、反論する。

十津川は、構わずに、

「もう一つは、東京で殺された男のことです。彼が、この新十津川町の人間ではないとしても、関係がある人間だとは、思っているんですが」

「東京で起きた殺人事件と、この町の人間が関係あるとは、とても思えませんね」

岸辺は、きっとした顔で、十津川を睨《にら》んだ。

「われわれは、決めつけているわけじゃありません。東京の三鷹で殺された男が、この町と関係がありそうなので、それを確かめたいだけですが」

「新十津川の人間が、殺人事件に関係しているはずがない。だから、協力は致しかねる。勝手に、調べられたらいいだろう。町民は、協力をしないでしょうがね」

岸辺はあくまで、非協力的である。

（困ったな）

と、十津川が、苦笑していると、若い職員が入って来て、岸辺に、小声で何かいった。

とたんに、岸辺の顔が赤くなって、

「町長が、そんな弱気じゃ困るな。東京の刑事だからって、いいなりになる必要は、ないはずだ」

と、大声で文句をいい、部屋を出ていった。

若い職員は、十津川に向かって、苦笑しながら、いった。

「岸辺副町長は、あの通り直情径行な人なので、町長が心配しまして、自分が、お話を聞くと、おっしゃっていて、すぐ、こちらに参ります」

「ご心配をおかけして申しわけない」

と、十津川は、いってから、

「新十津川には、岸辺副町長のような人が多いんですか？」

と、聞いた。

若い職員は、照れ臭そうに、

「何しろ十津川郷士の子孫ですから」

と、いう。

ドアがノックされて、町長が入ってきた。

肩幅の広い男である。

「町長の中井《なかい》です」

と、いって、名刺を差し出した。

フルネームは、中井庄介《しょうすけ》と、名刺には、あった。

十津川は、じっと名刺を見て、

「失礼ですが、中井庄五郎《しょうごろう》さんのご子孫の方ですか?」

と、聞いた。

町長は微笑した。

「私の先祖をご存知ですか?」

「興味があって、『十津川人物史』を読んだんですが、そこに書かれている人物の中で、中井庄五郎という人に一番惹《ひ》かれました。勤皇の志が高く、坂本龍馬に、兄事していたが、その坂本龍馬が暗殺されてしまった。犯人は新撰組と思い、土方歳三たちが、京都の天満屋《てんまや》にいることを知って、陸奥宗光《むつむねみつ》たち同志十六人と襲撃した。中井庄五郎は、先頭に立って斬り込んで、余りにも激しく戦ったので、双方四十人余の中で、中井庄五郎一人が討死した。その時わずか二十一歳。その若さで、命を賭けるだけの尊敬する人がいたというのが、羨《うらや》ましいんです」

十津川の言葉に、中井町長は、

「直情径行は、中井家の血かも知れませんね。いや、十津川郷士の血かも知れません。それで、時々、困ることがあります。努めて、おだやかにするように、しているんですが」

「岸辺副町長さんは、私なんかからすると、なぜ、もっと協力的に振るまってくれないのかと、思いますね。その方が、お互いのためなのに」

と、日下が、いった。

「岸辺副町長が、失礼を働いたのなら、お詫《わ》びします」

と、中井町長がいう。

「私たちは、何か困ったことが、新十津川町に起きているのではないかと思って来たのです。もちろん、それに絡んで、殺人事件も解決したいこともあります。

昨日、こちらに着いて、耳にしたのは、魔法使いの騒ぎです。町長は、どう思っておられるんですか？」

十津川が、聞いた。

「実は、どう対応していいか、わからずに困っているのです」

「しかし、目撃者は、三人もいますね」

「そうですが、全員若い女性ばかりで、証言の中身は、どう考えても、荒唐無稽《こうとうむけい》です。ですから、若い女性たちが、口裏を合わせて、嘘をついているという町民もいるのです」

「しかし、三人の女性が、嘘をつく理由でもあるんですか？」

「岸辺副町長は、彼女たちが、毎日の生活が面白くないので、しめし合わせて、騒いでいるんだと、決めつけています」

「毎日が面白くない——ですか？」

「新十津川町は、自分たちで作った町ですが、夏は暑く、冬は豪雪。変化のない生活で、若者、特に若い女性にとっては、退屈かも知れません」

「しかし、東京から来た私なんかには、素晴らしいところですよ。自然は豊かだ

「それは、十津川さんが、たまたま、この町に来て、珍しいからですよ。毎日生活していれば、退屈と思うようになりますよ」

し、人々は優しい」

「今、魔法使い騒ぎの他に、何か困っていることは、ありませんか？」

と、十津川が、聞いた。

「町長としては、今、悩んでいることは、三つです。一つ目は例の魔法使い騒ぎ、二つ目は、住人の減少です。確実に、毎年減少しています。第三は、中央との結びつきです。札幌へ行く列車の本数は、どんどん減って、三月二十六日からは、一便になってしまいます。石狩川を渡って、滝川から函館本線を使うことも、町役場からバスに乗る方法もありますが、やはり、新十津川駅から札幌へ出る列車の本数を増やしたいし、特急列車も走らせたい。このうち列車の本数は三月二十六日以後にJRと交渉することになりますし、人口減少を防ぐには、時間がかかります。差し当たってできるのは、魔法使い騒ぎの真偽を確かめることです。十津川さんにも、協力して頂きたい」

「どうすればいいんです？」

「今日から、われわれだけで、夜、町を歩きます」

「目撃者の女性は、参加させないんですか？」

「させません。彼女たちは、嘘をついているかも知れませんから。だから、われわれだけでやるんです」

　と、町長は、いい、岸辺副町長を呼んだ。

「今夜から、われわれだけで、魔法使いを探すことにする」

「私は反対です！」

　と、岸辺は、大声を出した。

「噂の真偽を確かめないのか？」

「嘘に決まっていますよ。それを真に受けて、われわれが、夜の町をさ迷っていたら、笑い物になりますよ。したがって、私は、断乎《だんこ》、拒否します」

「町長命令でも、駄目かね？」

「町役場の仕事に、でたらめな噂の真偽を確かめる仕事はありません。だから、拒否します」

「仕方がない。拒否を認めるが、君は、町役場にいて、われわれを見守っていてくれ」

「それも拒否したいと思いますが」

と、岸辺は、いう。さすがに、町長は、きっとした眼になって、

「これは、町長命令だ。われわれが、夜、町の中を、魔法使いを探している時は、町役場に待機だ」

と、いった。

5

その日の夜、中井町長と、十津川たちは、夜の新十津川の町を、歩きまわった。

この町も、ネオンの数が増えたというが、東京に比べれば、はるかに少なく、暗くて、静かである。

夜明け近くまで、町の中を歩きまわったが、出会ったのは、野良犬一匹と、猫二匹だけだった。

一日おいて、中井町長と、十津川たちは、再び、夜の新十津川町を、魔法使い

を求めて、歩きまわった。

相変わらず、魔法使いを信じない岸辺副町長は町長命令で、町役場で待機である。

探し歩いても、十津川たちは、魔法使いに出会わない。

午後十一時すぎに、中井町長のケータイが鳴った。

町役場に待機している、岸辺副町長からだった。

「花月駐在所から、連絡があり、下徳富《しもとっぷ》駅の近くに住む娘さんから、魔法使いを見たと、いってきたそうです」

と、岸辺が、いう。

「いつ頃ですか？」

と、町長が、聞く。

「一時間前です」

「何だと！」

と、町長が怒鳴った。

「どうしてすぐ、電話して来なかったんだ？」

「嘘に決まっているからです。花月駐在の警察官も、すぐ現場に駆けつけたが、何も発見できず、娘さんが、嘘をついた可能性ありと、連絡してきているんです」

「真偽を決めるのは、町長の私だ。副町長の君が勝手に判断するな！」

と、町長は、怒鳴った。

翌日、町役場は、大騒ぎになった。しばらく自宅待機を命じた中井町長に対して、岸辺副町長が反撥《はんぱつ》して、勝手に、新聞記者を呼んだからである。

人口七千の町に、札幌から、五紙の記者とカメラマンが、集まったのだ。

その上、問題が、魔法使いというお伽話《とぎばなし》なので、新聞が、興味を持ったのだ。

もう一つ、新聞に電話した岸辺は、東京から警視庁捜査一課の刑事たちも、やってきていると、話したことも、記者の興味を、そそったのだろう。

中井町長と、岸辺副町長も、記者に囲まれたが、魔法使いを目撃した四人の女性も、記者とカメラマンに、追いかけられ、話を録音され、写真を撮られた。

もう一人、追いまわされたのは、十津川だった。仕方なく、記者会見を開いて、答えることにした。

「なぜ、新十津川町に、やってきたんですか?」

と、まず、質問された。

「東京で殺された男の事件を調べていて、この新十津川町に関係あると考えたので、こちらへ来て、町長とも話し合っています」

「その関係というのが、魔法使いの一件ですか?」

「その可能性も、考えています」

「そうすると、十津川警部は、魔法使いが、実在していると、見ているんですね?」

「四人も目撃者がいますから」

「しかし、町役場の岸辺副町長は、四件とも、いつわりで、女性たちの妄想だと断定していますよ。十津川さん自身、二階建ての屋根に、魔法使いが跳び上がるというのは、不可能だと思っているんでしょう?」

「まだ、不可能とは、断定していませんよ」

「じゃあ十津川さんは、人間が、助走もなく、六、七メートルの高さまで、跳び上がれると思っているんですか?」

「私は、何かトリックが使われたと思っています」

「どんなトリックですか？」

「例えば、トランポリンのマットを使ったとかですが」

「そんなマットが、見つかっているんですか？」

「いや、まだ、見つかっていませんが――」

「町長と副町長の論争を、どう思いますか？」

「私は、ここの人間じゃありませんから、意見は、遠慮させて下さい」

いつまでも、記者たちの質問が、続くのだ。

翌日の朝刊には、今回の事件が、大きく取りあげられていた。

見出しも、派手だった。


〈町長と副町長が、大喧嘩《おおげんか》。喧嘩のタネは、魔法使い〉

〈目撃者は、新十津川町の若い女性四人。対して、否定派のリーダーは、副町長。おかげで、町の行政はストップ。怒る町民たち〉

〈喧嘩に警視庁の警部まで参加して、収拾つかず〉

その一方、全国ネットのテレビが、放映したので、見物人が、どっと、押しかけてきた。

地元の新聞が、悪のりして、こんな広告を載せた。

〈新十津川町で、魔法使いを発見した人に、五百万円の賞金を出すことに決めた。地元の人間でも、他の都府県の人間でも構わない〉

十津川たちは、反応を見るため、新十津川駅に行ってみた。

相変わらずホームも、駅舎も雪に埋もれていた。

そのホームや駅舎には、観光客が、あふれていた。

そのため、札沼線では、新十津川行の列車を、増発すると、発表した。

新十津川町にあふれた人たちは、魔法使いを探しに、夜の町に繰り出した。

ふるさと公園内のグリーンパークしんとつかわと、サンヒルズ・サライは、その観光客で一杯になり、十津川たちは、一時的に町役場に、泊まり込むことになってしまった。

町役場は、新しい問題を抱え込むことになった。

第三章　三月二十六日

1

新十津川の町は、魔法使い騒ぎに揺れながらも、その一方で、間もなく三月二十六日を迎えようとしていた。

三月二十六日には、ＪＲのダイヤ改正があって、日本全国の列車の時刻表が変更になる。

現在、札幌発の札沼線は、終点の新十津川駅まで、乗り継ぎを経て、一日に三本の列車が発着することになっている。それが、三月二十六日のダイヤ改正以降は、一日に一本に、減ってしまう。

終点の新十津川まで来る列車が一本で、逆に、新十津川を発車する列車も、一本ということになってしまうのだ。

そのうちに、新十津川駅に来る札沼線は、廃止になってしまうだろう。新十津川町の町役場も町民たちも、その危惧《きぐ》を持っていた。

もちろん、現在でも、札沼線を利用せずに、ほかの方法を使って札幌に出ることもできる。例えば、町の東側を流れている石狩川を越えて滝川市に出れば、函館本線が通っていて、それに乗れば、札幌に行くことができるのである。

しかし、それだけになってしまえば、新十津川という駅は、なくなってしまう。札沼線の新十津川駅は、新十津川町にとって象徴的な意味合いを、持っていた。

新十津川町の町民にしてみれば、

「札幌から、終点が新十津川になっている札沼線があります」

と、説明しやすいのだ。

新十津川駅が終点になっているにもかかわらず、到着する列車が、一日に三本しかないし、現在、無人駅である。それでも町の中に、町と同じ名前の新十津川駅があるのは、自慢だった。

そんな時に、起きたのが、今回の、魔法使い騒ぎである。

現在、時刻表に載っている、札沼線の新十津川駅行きの列車は、一日に、わずか、三本しかないし、乗客の数も一列車五、六人しかいないことが多い。それが今回の魔法使い騒ぎのおかげで、列車が満員になっているし、臨時列車まで出ている。

いつもは、静かな町は、マスコミ関係者と観光客が、あふれていて、町民も、町長や副町長たちも、三月二十六日の、危機を忘れてしまった。

マスコミは必死になって、夜の新十津川町を歩きまわり、何とか、自分が、最初の発見者になろうと競争していた。

しかし、新聞、テレビの関係者は、なかなか魔法使いに出会うことができなかった。そこで、新十津川町の住人ではないから、出て来ないのだろうと考え、町の人間を雇《やと》うことになった。もちろん、各テレビ、新聞が狙いをつけたのは、魔法使いに会ったという四人の女性だった。

ところが、その四人は、昼間の仕事を持っている。その彼女たちに、夜まで働いて貰《もら》おうとするのだから、当然、単価が、高くなっていく。最初は一時間千円だったのが、二千円、三千円になって、今や一万円にまで高騰した。

そのうちに、マスコミの方は、一人より、二人をと考え、四人を同時に雇おうと考えて、他のテレビ、新聞と喧嘩《けんか》になったりもした。その一方で、町の女性たちの中には、「自分も魔法使いを見た」と嘘《うそ》をついて、マスコミに雇われようとするものも出てきた。

そんな騒ぎも起きてはいたが、いぜんとして、マスコミの人間は、カメラや録音機を持って、夜の新十津川の町を歩きまわったが、魔法使いの写真も、声も入手することができずにいた。

そのうちに、魔法使いの存在に、疑問を持つ新聞記者やテレビのカメラマンが出てきた。

四人の目撃者が、すべて若い女性であることから、魔法使いは実在せず、これは、集団ヒステリーではないかというのである。それでも、四人の女性は、しっかりした考えを持ち、ヒステリー性とは思えないから、魔法使いは実在すると信じるマスコミ関係者もいた。

そのどちらでも、マスコミは騒いでいることに変わりはないし、五百万円の賞金は、生きている。そのうちに、東京の中央テレビは、その賞金に、五百万円を共催の形で出すと、発表した。合計一千万円である。その発表があったとたんに、札沼線で、新十津川町にやってくる観光客の数が、倍加した。

「新十津川町と魔法使い」と題したエッセイまで、新聞に載せる歴史家まで現れた。

「もともと、奈良県十津川村の人々は、自分たちの先祖は、神武《じんむ》東征の時苦戦している神武天皇を助けた八咫烏《やたがらす》だと、信じている。八咫烏は、三本の脚を持った魔法の鳥である。今、苦境に立つ新十津川の町を助けようとして、魔法使いとなって現れたとしても、何の不思議もない」と、書いた。

こうなると、魔法使い狂騒曲である。新十津川町の名前は、連日のように、新聞、テレビに載るので、そのことを、町長も、副町長も、歓迎した。町長と副町長の意見は反対だったが、それでも、魔法使い騒ぎを、喜んでいた。町にとっては、宣伝になるからである。

現在、町にとって、最大の問題は、三月二十六日問題である。

今、一日三本でも少ないのに、一日一本になったら、どうなるのか。

「それでも、終点の新十津川まで乗ってくる乗客が、五、六人だったら、ＪＲは、必ず、札沼線を廃線にするだろう。そこまでやらなくても、途中で切って、新十津川駅は廃駅にするに決まっている」

と、町長は、職員を集めて、いった。

「私は、何としてでも、札沼線と、新十津川駅は、残したい。そこで、三月二十六日までに、ＪＲ北海道本社に、嘆願書を出すつもりだ。現在、魔法使い騒ぎで、観光客は来ているが、魔法使い騒ぎだけでは弱いし、いつか消える。そこで、私は、観光客には、この町の名所、旧蹟《きゅうせき》にも、接して貰いたいのだ。どうすればいいと思うかね？」

町長は、職員の顔を見まわした。が、積極的に、意見を出す者がいない。そこで、町長は、自分の考えをいった。

「幸い、魔法使いは、夜にしか出ないと思われているので、観光客は、昼間は、行くところがない。そこで、その昼間に、観光客を、この町の名所、旧蹟に案内する。君たちにも、それをやって貰う」

「それは、無理ですよ」

と、副町長が、いった。

「どうしてかね？」

「新十津川の名所、旧蹟といっても、苦闘の歴史です。荒野を切り開いて、何とか、町を作った。われわれの自慢ですが、他所《よそ》の人間にとっては、面白くも、おかしくもないと思いますよ」

「そんなことはわかってる」

と、町長は、いった。

「だから、観光客やマスコミには、サービスをする。例えば、出雲《いずも》大社に連れて行くときには、食事はタダにする。クラブに行くときは酒もタダだ。その上、来てくれた人には、最新の魔法使い情報を教える。それなら、来るだろう。それを写真に撮るんだ。現在、集まっている観光客は、魔法使いだけではなく、新十津川町に興味を持っているのだということを、JR北海道本社に知らせたいんだよ。私は、嘆願書と一緒に、そうした写真も、JR北海道本社に、示したいんだよ。だから、君たちにも、がんばって貰いたいんだ」

と、町長は、強調した。

まず、新十津川町のどこを見せるかを全員で考えた。

新十津川駅
物産館（食路楽館《くじら》）
グリーンパークしんとつかわ（温泉）
サンヒルズ・サライ
そっち岳スキー場
出雲大社
お土産品《みやげ》
お米——ゆめぴりか
　　　ななつぼし
焼肉セット
ジンギスカンセット
酒（金滴《きんてき》酒造）二本セット

ラーメンセット（新十津川物語）
ヘルシーアイスセット
「この町の名所、旧蹟をまわってくれた人たちには、もちろん、入場料は無料にし、お土産を提供する。それに、マイクロバスも出す。それなら参加者が出るだろうから、それを写真に撮って、嘆願書に添付する」
と、町長は、いった。

2

こうした魔法使い騒ぎの中で、十津川の立場は、微妙なものだった。

魔法使いを発見しようと、観光客が集まってくるのもわかるし、新十津川町の町長たちが、その騒ぎを利用して、三月二十六日から、新十津川駅に来る列車が一日一本になってしまうのを、何とかして、増やそうとしているのも、よくわかるのだ。

だが、十津川の立場は、そのどちらでもなかった。

十津川は、東京で起きた殺人事件を捜査するために、新十津川町に、来ているのである。魔法使いの発見のためでも、列車の本数のためでもない。

十津川は、これまで新十津川町には一度も来たことがなかったし、札幌から新十津川までの札沼線に乗ったのも初めてだった。

札沼線の終点でもあり、また、新十津川という駅名がついていることから、さぞかし立派な駅で、乗降客も、多いのだろうと思っていたのだが、実際には、一日に三本の列車しかないということ、また、新十津川駅が無人駅であることも知って十津川は、驚いた。

しかも、まもなく一日に三本の列車は、さらに減って一日一本になってしまうというのである。

また、そのことが、東京で起きた殺人事件の遠因になっているのではないかと、十津川は考えたのだが、そんな時に起きたのが、魔法使い騒ぎだった。

十津川は、三月二十六日のダイヤ改正も、魔法使い騒ぎも、どこかで、東京で起きた殺人事件につながっているのではないかと思っているのだが、どうつながっているのか、肝心の点が、はっきり見えないのである。

そのため、十津川は、新十津川町から、動けずにいるのだった。

そんな時、魔法使い騒ぎに、一つの進展が生まれた。

3

新十津川町の魔法使い騒ぎの噂《うわさ》を聞きつけて、東京からも、新聞やテレビの記者、カメラマンが集まっていたが、彼らは、四人の目撃者の女性から、話を聞くことが精一杯で、魔法使いには、なかなか出会えなかった。

そのせいもあってか、マスコミの関係者の中にも、魔法使い騒ぎの話は、まったくの嘘か、誰かのでっち上げた作り話ではないのか、あるいは、若い女性四人の集団ヒステリーのようなものではないかという疑いを深めていった記者も、多かった。

このままでいけば、集まってきているマスコミは、東京に、引き揚げてしまうだろう。

そんな時、東京から取材に来ていた中央新聞の記者が、夜の新十津川町で、魔法使いに、とうとう出会うことができたのである。

その記者は、中央新聞社会部の田島《たじま》という男だった。社会部記者なので、東京にいる時、十津川と、何度か、会っていたし、話をしたこともあった。

その田島記者が、魔法使いとの出会いを次のように記事にした。


「私は、その夜、何とかして魔法使いと出会わないものかと思って、夜、一人で新十津川町の町役場の近くを、歩いていた。その時、突然、私の目の前に、真っ黒な人間が、出現したのである。

身長は一メートル九十センチから二メートルくらいはありそうな、とにかく背の高い人間だった。

この目の前にいる人間こそ、新十津川町で話題になっている魔法使いに違いないと思い、あわててカメラを構えようとした瞬間、相手は、いきなり宙に向かって跳び上がった。

私が驚いて見上げると、真っ黒な人間は、近くの二階建ての屋根の上に、跳び上がっていったのである。

その屋根まで、おそらく四、五メートルの高さはあったと思う。

私は驚いた。

こんな高さまで一瞬にして跳び上がってしまえるような人間は、これまで見たことが、なかったからである。おそらく、こんな人間は、オリンピック選手の中にも、いないだろう。

そう思って、夢中で屋根の上に立っている人影に向かって、私は、シャッターを切った。

夜に備えて、赤外線カメラを用意しておいたので、この魔法使いの写真を、撮ることができた。これが、その時に出会った、魔法使いである」

記事には、そうあって、記事のそばに、二階建ての家の屋根に、突っ立っている黒い人影が写っていた。たしかに、記事にあるように、背の高い人間である。

しかし、赤外線カメラで、撮ったとはいえ、離れた場所から撮ったものなので、魔法使いの顔までは、はっきりしなかった。

屋根の上の人物は、黒いマントを着て、黒っぽい頭巾《ずきん》を、かぶっている。間違いなく、魔法使いの衣装だから、この人物が、噂の魔法使いに違いない。

この中央新聞の記事以来、女性たちの集団ヒステリー説は消えて、魔法使い実在説が有力になってきた。

また田島記者の書いた記事と、魔法使いの姿をとらえた写真は、スクープとして中央新聞の全国版にも地方版にも載ったので、今度は、魔法使いを、一目見ようと、新十津川町に押しかけてくる観光客の数が、前にも増して多くなった。

記事に目を通した、十津川はすぐに、田島記者に、会うことにした。

新十津川町の、レストランで食事をしながら、十津川は、田島記者から、詳しい話を聞いた。

「君が、魔法使いに出会った時の話を詳しく聞かせてほしい。記事には、書かなかったようなことがあれば、それを、ぜひ教えてほしいんだ。新聞に載った写真では、二階建ての家の屋根の上に、突っ立っている黒い人影が写っているだけで、そこに、跳び上がっていった時の写真はない。したがって、最初から屋根の上にいて、跳び降りたんじゃないのかという疑いを、持つ刑事もいるんだ」

と、十津川が、正直にいうと、田島は、笑って、

「たしかに、記者仲間にも、十津川警部と同じように考えている者がいるよ。これは、屋根から跳び降りる寸前の、写真なんじゃないかという者がいるんだ」

と、いってから、急に真面目《まじめ》な顔になって、

「あの夜は、本当に、この黒い人間が私の目の前で、実際に、地上から、屋根の上に、いきなり、跳び上がったんだ。これは、嘘じゃない」

「しかし、本当に、君がいうように、屋根に跳び上がったとすると、とても人間業《わざ》じゃないように思えるね」

と、十津川が、いった。

「そうなんだ。人間業とは、とても、思えなかった。なぜなら、ネコは、自分の身長の、三倍か四倍くらいは、簡単に跳び上がるからね。つまり、この魔法使いは、人間よりも、むしろ、ネコに近い、動物のような運動神経を持っているのではないかと、私は、考えたよ。一口でいえば、人間業じゃないんだよ」

「君は、この魔法使いと、何か喋《しゃべ》ったのか?」

「写真を撮らせてくれないかと声をかけたよ。そのあと、カメラを構えようとし

た途端に、いきなり、屋根に跳び上がったんだ。私のほうから一方的に、呼びかけただけで、魔法使いとは、会話はしてない。ただ、少なくとも向こうは、こちらの言葉を、ちゃんと、理解していたと思うね。だからこそ、カメラから逃げるように、屋根に跳び上がったんだと思う。写真を撮られるのが、嫌だったんじゃないかな？」

「たしかに、君のいう通りかもしれないが、それほど、写真に撮られるのが、嫌なら、どうして君の前に、姿を、現したんだろう？」

「その点は、私にもわからん。ただ、推測してみると、あの魔法使いは、ひょっとすると、この町に、押しかけてきた、マスコミを追い払おうと考えているんじゃないかな。だから、突然、私の目の前に、現れて、ビックリさせたんだと思う。それを繰り返せば、われわれマスコミの人間は怖くなって、引き揚げていくのではないかと、あの魔法使いは、そんなふうに、考えているのかもしれないね」

「なるほど。それも、よくわかる。しかしだ、どうにも理解できないのは、助走もなしに、そんなに、高く、跳び上がることのできる人間が、いるだろうか？そんな人間を、私は、これまでに、一度も見たことがないよ。目撃者の女性の中には、七メートルか、八メートルも跳び上がったと、証言をする女性も、いるんだが、その半分としてもこの世の中に、そんなすごいジャンプ力を持った人間が、いるものだろうか？　そのことについて、君は、どう思う？　君の意見を聞かせてくれ」

「今もいったように、ネコは、自分の身長の三倍も四倍も跳び上がるからね、人間に当てはめれば、四メートル五十センチか五メートルくらいは、楽に、跳び上がれることになる。その魔法使いが、獣のような、瞬発力を持った人間だとすれば、五メートル、六メートルと跳び上がったとしても、おかしくはないだろう」

と、田島が、いった。

「いや、そんな人間は、まずいないと思うがな。ところで、賞金は貰ったのか？」

笑いながら、十津川が、聞くと、田島も笑って、

「いや。残念ながら、一円も貰ってないよ」

「どうして？」

「私が地上にいて、この魔法使いと一言でもいいから、何か、話でもしたのであれば、あるいは他に、跳び上がるところを、写真に収めていれば、賞金を貰えた

と思うけどね。君がいうように、この写真は、跳び上がったところではなくて、これから、跳び降りるところじゃないのかと文句をつけられて、結局、賞金は貰えなかった」

しかし、中央新聞に、掲載されたこの記事と写真は、魔法使い実在説を、強く裏づけることになった。

そのうちに、とうとう、ニセモノの魔法使いまで、現れた。新十津川町にやってきた若い男女が、賞金欲しさに、芝居を打ったのである。

この時は、女の方が、カメラに、うまく魔法使いを写せなくて、賞金は貰えなかったが、あとになって、この魔法使いが、真っ赤なニセモノであることがバレてしまった。東京からこの町に遊びに来ていた観光客の男女が、企《たくら》み、男の方が、黒いマントを羽織り、足には、強力なバネをつけて芝居を打ったのである。

男は、バネの力によって、跳び上がったのだが、上手《うま》く、跳び上がることができず、屋根から、転げ落ちてしまって、ニセモノだということが、バレてしまったのである。

このニセモノの魔法使いと、その恋人の二人に、駐在所に来てもらい、十津川は、話を聞いた。

名前は中川圭太《なかがわけいた》と高橋《たかはし》あやという、二人とも二十五歳の男女だった。

東京で新聞に載った魔法使いの話を知り、ふざけ半分と、上手くいったら、賞金を、自分たちのものにしようとして、黒いマントを用意し、それに黒い頭巾を作って、新十津川町に、乗り込んできたのだった。

運動神経のいい中川圭太が、魔法使いの扮装《ふんそう》をして、恋人と、一芝居打ったのである。上手くいけば、賞金が手に入る。そう考えての行動だったと、高橋が、十津川に、いった。

このあと、魔法使いの、完全な写真を撮ろうというマスコミの競争が、いちだんと、激しくなった。

そのせいで、記者やカメラマンの数が、前にも増して多くなったが、そのせいか、魔法使いは、いっこうに姿を現さなくなってしまった。

記者やカメラマンたちは、誰もが、自分たちマスコミの人間の数が、多くなったために、魔法使いは、用心をして姿を現さなくなったらしいと思ったのだが、それでも、競争が激しくなって、マスコミの数は、一向に、減らなかった。

そんな時に、北海道新幹線についてのニュースを、JR北海道が、新函館北斗《しんはこだてほくと》駅で発表するということになり、新十津川町にいた、マスコミの半分くらいが、新函館北斗駅に、移っていった。

その様子を見て、十津川は、

（チャンスだ）

と、思った。

マスコミの数が減ったことで、魔法使いは安心して、以前のように、夜の町に出てくるのではないか？

そう考えて、十津川は、中央新聞の田島を誘った。

「今晩から、二人で、新十津川の町を歩いてみようじゃないか。上手くいけば、われわれが、探している魔法使いに遭遇できるかもしれないぞ」

「上手くいくかな？」

「君は、中央新聞社会部の記者だから、当然、顔が、はっきりわかる魔法使いの写真を撮りたいと思っているんだろう？　私のほうは、魔法使いと、東京の殺人事件とが、何らかの接点で絡んでいるのではないかと、考えているから、魔法使いと直接会って、話を聞いてみたいんだ」

と、十津川が、いった。

利害が一致したので、その夜から、二人は、夜の新十津川の町を、ゆっくりと、歩きまわることにした。

新聞記事も、北海道新幹線の予想記事が多くなり、新十津川町の魔法使いについての記事は、次第に、紙面から消えていった。

「今がチャンスだよ」

と、十津川は、歩きながら、田島に、いった。

「何が、チャンスなんだい？」

と、田島が、聞く。

「魔法使いは、必ず出てくるだろう。自分のことをマスコミに取り上げてもらいたいだろうからね」

と、十津川が、いった。

「よくわからないんだが、魔法使いは、どうして、マスコミに、取り上げられたいと思っているんだ？」

と、田島が、いい、

「むしろ逆に、取り上げられたくないと、思っているんじゃないか？」

「魔法使いは、たぶん、この新十津川の町が、結果として、作っているんだ。自分たちに、マスコミやＪＲの目を、向けさせたいという希望が、魔法使いを招いたんじゃないだろうか。だから、必ず現れるに違いないと、私は、確信しているんだ」

自信を持って、十津川がいった。

しかし、二人で、歩き出した日の夜は、魔法使いと、出会うことはなかった。

その翌日である。

朝の新聞も、相変わらず北海道新幹線の記事や、新函館北斗駅の記事が大きかった。

紙面をいくら探しても、そこには、魔法使いの記事も、新十津川町の名前もまったく出ていなかった。それが十津川に、魔法使いが、必ず現れるだろうという確信を持たせた。

夜の八時すぎから、新十津川町の中を歩き始めて、十時に近くなった頃である。

新十津川駅の駅舎の近くを、歩いている時だった。

駅舎のまわりは、残雪で、覆われている。その残雪の中に、ポツンと、新十津川駅の駅舎がある。

その時突然十津川と、田島記者の目の前に、黒い人影が現れたのだ。

田島が、慌ててカメラを構える。

十津川が、その黒い人影に向かって、大きな声で、

「動くな！　君に聞きたいことがあるんだ」

と、呼びかけた瞬間、目の前の黒い人影は、フワッと体を浮かせて、駅舎の屋根の上に跳び乗ったのだ。田島がカメラのシャッターを切る。それを避けるように、相手が、反対側に跳び降りた瞬間、そこから、

「捕まえました！」

という、日下刑事の大きな声が、した。

十津川は、念のために、少し離れた場所を前もって、若い日下刑事に、歩かせておいたのである。

4

駅舎の裏側は、新十津川駅のホームになっている。

昼間であれば、鉄道ファンが何人か、いるかもしれないが、今は夜である。そこには、人の姿はない。

その無人のホームの上で、日下刑事が、黒マントの魔法使いに、馬乗りになって、組み伏せていた。

「もういい。起こしてやれ」

十津川が、日下に、いった。

日下が、相手を起こした。

だが、黒マントの端をつかんだまま離さない。

相手は何もいわず、マントについた土を、払っていた。その相手に、十津川が、声をかけた。

「私は刑事だが、君を、逮捕しようとは思っていない。ただ、君から、話を聞きたいだけだ」

魔法使いは、依然として、何もいわずに黙っている。

田島記者が、魔法使いの正面から、写真を一枚、撮った。

「君に、質問を二つしたい。この魔法使い騒ぎには、町役場が、関係しているのか？　もう一つは、先日、東京の三鷹で殺人事件が起きた。その殺人事件と、君は、何か関係があるのか？　この二つの疑問に答えてほしい。正直に答えてくれたら、私は、君を逮捕するようなことはしない。それは約束する」

と、十津川は、いった。

一瞬の沈黙のあと、

「二問とも、ノーだ。私が勝手に動いている」

「今のノーは、イエスと受け取っていいんだな？」

と、十津川が、いった。

「違う。私は、勝手に動いている。妙な想像は困る」

相手は、懇願気味に、咳込《せきこ》んでいる。

「私の方は、勝手に解釈するぞ」

十津川が、強い口調でいうと、相手は、

「私と、この町とは、何の関係もない！」

と、叫ぶと同時に、日下刑事の手を払いのけるやいなや、気合いと共に、駅舎の屋根に跳び上がり、反対側に、消えてしまった。

田島と日下刑事は、あわてて、駅舎の反対側にまわったが、すでに、そこには、夜の闇しかなかった。

十津川は、ゆっくりと、駅舎の表に戻った。

「消えました」

と、日下が、いう。

三人は、黙って、しばらくの間、魔法使いの消えた夜の暗闇を見つめていた。

「今、撮った写真は、明日の新聞に載せるよ。構わないだろう？」

と、田島が、聞く。

「もちろん、構わないさ。私に断わる必要はない」

と、十津川が、いう。

「問題は、写真につける説明だ。魔法使いは、君の質問に対して、二つとも、ノーだといったが、君は、イエスと受け取るといった。どっちが、正しいんだ？」

「関係なしとしておいた方が、今は無難だよ。町役場は、魔法使いとの関係を否定するだろうし、警察には証拠がない」

「わかった。『これが魔法使いだ』とだけ写真に説明をつけておくよ」

と、田島が、いった。

「今は、そうしておくのがいい。正体不明だからね」

「しかし、君は、今の魔法使いが、町役場公認で、その上、東京の殺人事件と関係があると、思っているんだろう？」

と、田島が、聞く。

「さっきの魔法使いの反応で、確信したが、証拠はない」

「私だけに、内密に話してくれないか？　記事にもしないことは約束する」

と、田島は、新聞記者らしく、食い下がった。

十津川は、苦笑した。

「今は駄目だ。すべて、想像でしかないし、証拠がない。魔法使いの驚異的な運動能力についても解明されていない。町役場だって、関係は否定するに決まっている。急ぎすぎると、すべてを、ぶちこわしてしまうことになるから、今は、自重するつもりだ。君も、それに協力してほしい」

「しかし、何もしないわけじゃないんだろう？」

「君の写真が、新聞に載ってから、町役場の反応を見に行くつもりだ」

　と、十津川は、いった。

「この町の役場でも、明日から、本格的に集まった観光客へのサービスを始めるといっていた」

「魔法使い騒ぎでやってきた観光客に、新十津川町の名所、旧蹟を見て貰うというやつか？」

「そうだ。とにかく、町役場は真剣だよ。マイクロバスを用意し、記念館などの入場は無料、その上、食事つきで、地酒のお土産つきだ。それを写真に撮って、町長が、JR北海道本社への嘆願書に添付するといっている。とにかく、三月二十六日のダイヤ改正で、札沼線の新十津川行きが、一日一本に減らされないように、嘆願することにしている」

「この町に集まっているマスコミは、それについて、どう反応してるんだ？」

と、十津川は、聞いた。

「私を含めてだが、マスコミの関心は、魔法使いに集中している。三月二十六日に何があるのか知らない記者だって多いからね」

「三月二十六日にダイヤ改正があることを知っている記者だっているだろう?」

「もちろん、いるさ。ダイヤ改正で、北海道新幹線が、新函館北斗まで来ることは知っているから、半分くらいが、函館へ行ってしまったんだ。だが、札沼線の新十津川行きが一日三本から一本になってしまうことは、知らないし、知っていても、興味はないんだ」

と、田島は、いう。

「興味があるのは、やはり、魔法使いか?」

「それは、仕方がないね。魔法使いは、全国版のニュースだが、札沼線や新十津川駅の問題は、地方版のニュースだからね」

「残念だな」

と、十津川は、呟《つぶや》いた。

三人は、十津川たちが仮の宿舎にしている町役場に帰った。

留守番をしていた亀井刑事が、インスタントコーヒーをいれて、三人を迎えた。

「何か、変わったことはないか？」

と、十津川が、聞くと、亀井は、一枚のポスターを示して、

「これが、配られましたよ」

それは、明日から、無料の遊覧バスが走ることを告げるポスターだった。町営バスが、三時間に一回、町の名所、旧蹟をまわり、入場料は無料、昼食つき、お土産つきを、うたっていた。

「町も、無理してますね」

と、亀井が、いう。

「それだけ、危機感を持っているんだよ」

と、十津川は、いった。

「さっきもいったが、これは記事にするつもりは、まったくなくて、私の個人的な興味で聞くんだが」

と、田島は、断ってから、十津川に向かって、

「魔法使いに、君は二つのことを聞いた。町役場と関係があるのか、東京の殺人事件と関係があるのかと。魔法使いは、どちらもノーだといったが、君は、それを、イエスと受け取ったという。どうして、イエスと受け取ったのか、話してくれないか。君の話は、絶対に活字にしないから」

「そうだな」

と、十津川は、一拍置いてから、

「君だって、うすうす感づいているんだろう？　新十津川町は、今、苦境に立たされている。親の十津川村より人口は多いが、その人口も、毎年のように減ってきている。警察署もないし、大学もない。そのため、今も、新十津川駅発着の列車は一日三本しかないのに、三月二十六日からは、一日一本になってしまう。このままでは、札沼線の新十津川駅は、廃止されてしまうだろう。それを何とかして防ぎたい。どうすればいいか。方法は、新十津川町を訪ねてくる人々の数を増やすことしかないんじゃないか。観光客を何とかして増やしたい。そんな時に、突然、出現した魔法使い騒ぎだからね。私は、町が魔法使いを演出しているとは思わない。しかし、町が、魔法使い騒ぎに感謝していることは、間違いないと見ている。だから、どう関係しているのか、確めたくて、あんな質問をしたんだ」

「つまり、君は、観光客を増やすために、町が、今回の魔法使い騒ぎを、でっち上げたと考えているのか？」

「いや。私は、そこまでは、考えていない。そんなことをして、仮に、観光客を増やしたとしても、町が、作ったものは、バレてしまうだろうし、一時的な効果しかないと思うのだ。だから、双方から、歩み寄って、今度の魔法使い騒ぎが、生まれたんだと思っている。だからなぜ、魔法使いが生まれたのかを知りたいんだ。それが、はっきりするまで、君たちマスコミには、変な憶測記事を書いて貰いたくないんだ」

　と、十津川が、いった。

「君は、やはり、この新十津川町が、好きなんだ」

　と、田島が、いった。一瞬、十津川は、照れた表情になって、

「まあ、名前が、同じだからね」

「それで、君は、これから、どうするつもりなんだ？」

「明日にでも、町長に会おうと思っている。いろいろ話を聞きたいことがあるん

でね」

と、十津川は、いった。

翌朝の中央新聞朝刊に、田島の撮った写真が、載った。全国版と地方版の両方にである。

魔法使いの全身を、正面から撮った写真である。その写真に添えられた言葉は、

「これが魔法使いだ」

だけだった。

十津川は、その新聞に眼をやりながら、町役場に電話して、

「町長にお会いしたい」

と、いうと、

「今日は、急用ができたので、時間が取れません。申しわけないが、明日にして下さい」

と、いわれてしまった。

その言葉に、十津川は、

（おそらく、中央新聞に載った魔法使いの写真のことで、町役場で、緊急会議が、開かれるのだろう）

と、思い、明日のアポをとってから、町役場に行ってみると、役場の前のバス停に、巡回バスが、停《と》まっていた。

マイクロバスで、町役場前から、どこをまわるかが、示されていた。

町役場前

←

新十津川駅

←

物産店

←

グリーンパークしんとつかわ

←サンヒルズ・サライ
←そっち岳スキー場
←出雲大社
←町役場前

になっていた。すでに、バスには五、六人が乗っていた。

十津川は、その巡回バスに、日下刑事を乗せることにした。

十津川は、翌日、亀井と、町役場に行き、町長に会った。

「昨日、若い日下刑事が、巡回バスに乗りました。お土産に名酒を頂いて、ご機《き》嫌《げん》でした」

と、まず、十津川は、礼を、いった。

「この町に来て下さった方への、ささやかなお礼です」

と、町長が、いう。

十津川は、町長に会ったら、一つのことだけを、質問しようと決めていた。

「今、この町で、話題になっている魔法使いのことですが、いつ頃から、現れるようになったのですか？」

と、それだけ、質問した。

町長は即答せず、同席している副町長を振り返って、

「いつ頃からだったかね？」

と、聞いた。

その聞き方が、十津川には、何となく、ぎこちなく見えた。

（町長は、たぶん、自分で、はっきりした答えを持っているに違いない。ただ、どう答えたらいいか迷っていて、それを、副町長に確認したに違いない）

十津川は、そう思った。

「かなり前からです」

と、副町長が答える。

その返事を受けて、町長が、十津川に、いった。

「最近のことではありません。町民の間ではかなり以前から、不思議な人間を見たという噂が、流れていました」

「と、いうことは、若い女性が、最初の目撃者ではないんですね？　それ以前から、魔法使いの噂はあったんですね？」

と、十津川が、聞いた。

「その通りです。魔法使いを見たと、声に出していったのは、今年の正月に見たという女性が、初めてですが、それ以前から、夜になると、黒っぽいマントを羽織った魔法使いのような不思議な人間を見たという噂はあったんです。ただ、その人間が、いきなり、二階の屋根に跳び上がったというので、誰も信じなかったんですよ。何か、フクロウでも見て、びっくりしたんだろうと、バカにしていましたから」

と、町長は、いった。

十津川は、その答えで、十分だった。

東京で、殺人事件が起きた時には、すでに、新十津川町では、魔法使いの噂は生まれていたとわかったからだった。

この日の夜、十津川は、東京の三上本部長に電話した。

「こちらに来て、収穫が一つありました。東京の三鷹で起きた殺人事件ですが、容疑者が見つかりました」

と、十津川が告げると、三上は、

「本当かね？　いったい、どんな奴《やつ》だ？」

「新十津川町で、最近出没している魔法使いです」

「魔法使い？　君は、私をおちょくっているのかね？」

「冗談に聞こえるかも知れませんが、今、こちらで、大きな話題になっている魔法使いが、東京の三鷹で、一人の男を殺したのです。それが、わかりました」

「それでは、その人間の名前も、身元もわかったんだな？」

「それは、まだわかりません。ですから、今は容疑者なのです。これから、その魔法使いが、何者なのか、調べるつもりです」

第四章　懸賞金

1

何しろ、今回魔法使いの目撃者が、東京警視庁の刑事と新聞記者であり、写真を撮ったのもその中の一人だということで、今までのような幻想ではないかという声は聞こえてこない。これは、新しい魔法使いブームを引き起こしたといってもよかった。最大の変化は札幌発新十津川行きの列車の本数だった。

　三月二十六日から一日一本になってしまったが、札幌発の臨時便がやたらに増える結果になったのである。しかも札沼線の列車は、今まで終点の新十津川駅に着く時には、数人の乗客しかいなくなっていた。それも、地元・新十津川町の町民ではなくて、ほとんどが鉄道マニアだった。魔法使い騒ぎが大きくなるにつれて、札幌で札沼線に乗った乗客たちは、ほとんど、途中で降りず終点の新十津川までの切符を買っているのだ。その乗客たちは、列車が新十津川駅に着くと、どっと降りてくる。その乗客たちを捌《さば》くために、今までは無人駅になっていたのだが、急きょ数人の駅員を配置し、使わなくなっていた駅舎や改札口が使われるようになり、さらにまた魔法使いグッズまで、売り出されたのである。

十津川たち三人は公務員だがそれでも賞金五百万円が支払われるかどうかが、問題になったが、もちろん十津川たちはそれを、辞退した。自分たちは殺人事件の捜査に来ているのであって、ほしいのは賞金ではなくてその犯人であることを強調した。それにもう一つ、十津川たちが撮った写真は静止した魔法使いの写真であって、二階にまで跳び上がるところを撮ったものではなかった。したがって、実際に写真に写った魔法使いが、二階にも跳び上がったかどうかは、わからないという批判もあった。そこで、今度は、五百万円をプラスして一千万円の賞金が、魔法使いが跳んでいるところを撮った写真に対して、支払われることに決まった。

こうしたエスカレートに対して、

『どこまで続く？　魔法使いブーム』

と、批判した新聞もあったが、警視庁の刑事たちが見たということで、魔法使いがいることが確実となり、そのうえ、賞金が一千万円になったこともあって、今まで以上に増えた人々が、手にカメラを持って、新十津川町に押しかけて来るようになった。札沼線の臨時便の増発が続いている。そこで、新十津川町ではJR北海道の本社に対して、一日一本になってしまった新十津川行きの本数を、元の三本に戻すように要求を突きつけたが、JR側は、これはあくまでも、魔法使いブームであって、ブームが去れば、新十津川駅まで乗ってくる乗客は、以前に戻るだろうから、元に戻すことはできないと答えてきた。

それでも、町長はねばった。

「臨時便でも、新十津川町に来て下さる方が多くなるのは、うれしいのですが、町としては臨時便ではなくて定期便が、増えてほしいのです。これだけお客が来るんですから、定期便を前の一日三本に戻して貰いたい」

これに対してJR側は、

「今直ちに元に戻すことは、できませんが、十月のダイヤ改正の時にもう一度考え直してみることはできます。それまでに魔法使いブームが終わってしまっていれば、こんなことは申し上げにくいのですが、新十津川町自体に行く人が少なくなり、今の一日一本でも大丈夫だということになるんじゃありませんか」

と、いい、「それに」、と付け加えた。

「札幌から、新十津川町に行く方法としては、函館《はこだて》本線で滝川《たきかわ》まで行き、滝川からはバスという方法もあります。現在も新十津川行きの札沼線が、満員の時は、皆さん函館本線を使って、滝川経由で新十津川町に行っているようですよ」

「そのことはもちろん知っていますが、函館本線には新十津川町の駅はないんですよ。町として一番欲しいのは、遠まわりするような列車ではなくて、新十津川町行きの列車なんです。それがなければ新十津川町の将来もないといった気持ちで我々は、今回の一日一本の本数を受け入れました。新十津川町まで来る乗客の数が、少ないという現状があったので、泣く泣くその事実を受け入れたのです。今回のように増えた場合は、その現実を考えて、本数を増やして頂きたい」

町長は札沼線の増便の申請を続けた。一方、ＪＲ側も臨時便を増やすだけでは、増加する乗客に対応することができないとして、札幌から新十津川への直通便を走らせることにした。特別急行である。最初の特別急行が新十津川駅に着いた時には、多くの町民たちが集まり、どっと降りてくる乗客たちを旗を振って迎えた。それで少しは、一日三本を一本にされてしまった悔しさや、情けなさ、それに将来の不安が、緩和されると思ったのだ。

問題はもう一つあった。それは、どっと押しかけてくる乗客たちを受け入れる、宿泊施設である。もともと、新十津川町には、ホテルや旅館といったものは少なかったから、慌てて、ふるさと公園内の「グリーンパークしんとつかわ」と「サンヒルズ・サライ」といった、団体客用の施設を、開放したのだがそれでも足りず、毎年人口が減っているために空き家が増えていたが、その空き家を、改造してそこにも泊まって貰うことにした。その他にも、町長が音頭を取って、民宿を始める町民が増えるようになった。それもあって、十津川たちは町役場に泊まることになったのだが、そこに大新聞の記者たちが押しかけて来て、十津川に、面談を申し込んだ。

記者たちの聞くことは、ほとんど同じだった。実際に写真に撮った魔法使いが、駅舎の屋根に跳び上がるところを見たのかどうかという質問である。十津川は正直に答えた。

「たしかに目の前から、突然姿が消えて、見上げたら屋根の上に、立っていたんですよ。間違いなく、あの高さを跳び上がったんです。その内に誰かが、跳び上がるところを写すでしょう。私たちの話が、本当だということが、わかって頂けると思う」

「誰も彼も魔法使いといっていますが、十津川さんはその相手を、魔法使いだと思いましたか？」

その質問に十津川は苦笑した。

「魔法使いというよりも、あれは、超人ですよ。明らかに人間です。人間以外の何者でもありません。その人間が、黒マントを羽織り、深い帽子、それも黒いのをかぶり、魔法使いといっているのですが、動作も声もすべて、人間ですよ。人間の中でも、超人でしょう」

と、十津川は、いった。

「超人というのは、どういう意味ですか？」

と、さらに記者が聞く。

「例えば、今まで、人間は百メートル走って、十秒の壁が切れなかった。しかし突然、一人のアスリートが十秒の壁を破って、九秒九か九秒八の記録で走った。彼は、超人でしょう。われわれが見た相手も、四メートルはある駅舎の屋根まで跳び上がったから、服装から見ると魔法使いのように見えましたが、彼が地球上でたった一人だけあの高さの跳躍ができればその人間は超人ということになる。そういう意味の超人です」

「では十津川さんは、走り高跳びで四メートルを超す高さを、クリアする人間が出てくるのではないか、そして、現実に十津川さんの見た相手は、その超人だった。そういうことですか」

「私はそう、思っています。以前、ある科学者に聞いたことがあるんです。一時期、トカゲが水の上を走るのが、評判になったことがあったでしょう？　エリマキトカゲでしたかね。その時に、科学者に、聞いたんですよ。人間が、水の上を走ることが、できますかと。その時の答えはこうでした。『もしある人間が時速一六〇キロで走ることができたら、その人間は沈まずに、水の上を走ることができます』と、つまりまったく不可能ではないんです。あの時、相手が、屋根に跳び上がった時にはびっくりしましたが、それだけの、能力がある人間が出てくればそれは、人間の可能性の一つといえるんじゃありませんか。どこの誰ともわかりませんが、現在地球上にいる人類の先頭を切っている、それだけの跳躍力のある人間ということになるんじゃありませんか。だから私は、あまり魔法使いという言葉は、用いたくないんですよ」

翌日の新聞の見出しを見ると、『魔法使いか超人か』というものもあって、十津川は思わず苦笑してしまった。その記事を書いた新聞記者は人間では面白くなくて、魔法使いの方が面白いような書きぶりだったからである。その記事を読んだ後、十津川は亀井刑事と日下刑事の二人に、東京へ行ってくるとだけいって、急きょ新十津川町を、あとにした。

2

十津川が、東京に戻って訪ねたのは、『JADA《ジャダ》』、日本アンチ・ドーピング機構である。オリンピックが近づくにつれて忙しくなる部署である。毎年、主な競技会ではドーピング検査が行われているが、その度に、何人かのアスリートが疑われたり、彼らが持っている記録が消されてしまったりする。

ブラジル・リオのオリンピックが近づくにつれて、十津川が訪ねた日本アンチ・ドーピング機構『ＪＡＤＡ』も、忙しくなっているようだった。そこの責任者、川口明《かわぐちあきら》という医者に、十津川は会って話を、聞くことにしたのである。十津川が聞きたいことは一つだけしかなかったし、それに対して川口の答えは、多分、曖昧《あいまい》なものになるだろうとは思ったが、まず、選手とドーピングとの関係を、聞くことにした。

日本でもドーピング検査が実施されるようになったのは、二〇〇三年の静岡国体からだという。その頃に、このＪＡＤＡも設立された。

「このＪＡＤＡには、医者と、薬にくわしい薬剤師が、参加しています。ただ、今まで日本では、ドーピングというものが無縁の物だと思っていたせいで、ドーピングに対する知識は医者も薬剤師も深くはなかったのです。そのため、ここに来ての勉強が大変でした」

と、川口がいう。

「選手や監督が、この薬を飲んでも大丈夫かどうか、聞いてくるわけですか？」

「最近は、ドーピングについて、世界中が問題視していますから、日本でも、国体のような大きな競技会があると必ずドーピングが、問題にされます。こちらも、どんな薬がドーピングにあたるかどうかを、知っていなければならないのですよ。新しい薬が、次々に出てくるので苦労しています」

「それにもかかわらず、どうしてドーピングはなくならないんですか？」

「現在、どこでも健康志向で栄養ドリンクやサプリメントが、売りに出されているでしょう？　選手たちは身体《からだ》を維持しようとして、そうした栄養ドリンクに手を出すんですよ。栄養ドリンクかサプリメントなら、飲んでも構わないだろうと飲むと、その栄養剤の中に、禁止物質が入っていることがあります。選手の方は知らずに飲んでいても、その禁止物質が出てきたらそれはドーピングですから、知らないといってもダメです。選手は、競技への出場を停止させられるか、あるいは選手を辞めざるを得なくなってしまうのです。選手だけではなくて、指導者もドーピングについての知識を持っていなくて、自分で栄養剤を買って来て、それを選手に飲ませている者も、いますからね。最近はそうした知識を選手が持つようになったので、栄養ドリンクを飲む前にこちらに、この栄養ドリンクの中に禁止物質が入っているかどうかを調べてほしい、といって来るようになりました。それだけでも、進歩だと思いますよ」

「先生が答えにくい質問を持って来たのですが、実は選手の中に、これは日本選手ではないと思いますが、ドーピングで禁止されている薬を飲んで画期的な記録を作る人もいるわけでしょう？　前に百メートルで、あっさりと九秒を切った選手がいて、オリンピックでも優勝しましたが、あとでドーピングの疑いが持たれて現在、その記録は消されています。ビックリするような記録を作る薬、というのも実際にあるんでしょうか？」

と聞いた。

「例えば、どんな記録ですか？」

「そうですね、例えば百メートルなら八秒が出るくらい、走り幅跳びなら十メートル、走り高跳びなら四メートル。そんな薬があるんでしょうか」

「どうしてそんなことを知りたいんですか」

川口は、当然の質問をしてきた。

「ある事件に関係していましてね。どうしてもそのことが知りたいんですよ。たしか前に、人間が時速一六〇キロで走ることができれば、水上を走ることができると聞いたことがあるんです。それでどうしても答が欲しいんですが、今いった、走るのではなくて、跳ぶやつです。四メートルの高さを跳び越せる薬があるのか、走り幅跳びで十メートルを跳ぶようになる薬があるのか。どうですかね、ありますか」

「わかりません」

川口は、急に大きな声を出した。

「そんな薬は、ないということですか」

「いや、わからないという答えしかできません。十津川さんがいったように薬を注射して百メートルの新記録を、作った選手がいましたからね。あの時は夢の記録だったんですよ。皆が万歳を叫びました。ところが、禁止の薬を摂取していたことがわかった。その薬を飲む前の選手は、平凡な記録しか出なかった。つまり薬のおかげで、百メートルの新記録を作れたんです。つまりそういう薬があったということになってきます。それ以上のことは申し上げられない」

「そういう薬があるかもしれない、ないかもしれないということですね」

「私はそんな薬を見たことも、試したこともありませんから」

川口は、不機嫌な顔でいった。

「では、この質問は止めましょう。選手が、禁止された薬を飲む理由は色々あると思うんです。知らずに飲んでしまうということもあるわけでしょう？」

十津川は前の質問に戻って聞いた。川口もホッとしたという顔で、

「最近では陸上の長距離の選手が貧血対策に鉄剤注射をすることがあります。この注射はドーピングにはあたらないのですが、選手は長距離を走ると貧血状態になるので、それを防ごうとして鉄剤を注射するんです」

「鉄分だったらば、別に注射しなくても食事療法で大丈夫なんじゃありませんか？　私なんかも医者に鉄分が不足しているといわれて、モツを毎日のように食べたことがありますが」

笑いながら十津川が聞いた。

「その通りで、食事で鉄分を多く摂《と》ればいいんですが、食事の量を増やすと体重が、増えてしまいます。一般の人ならばそれでも良いんですが、選手にしてみれ

ば記録が落ちてしまうので、食事療法はやらずに、鉄剤注射で鉄分を補うんですよ」

「注射じゃなくて鉄分を錠剤やサプリメントで補うことはできないんですか？」

「錠剤で補おうとすると、吸収率が十パーセントくらいしかないんです。だから、百グラムの栄養剤を摂っても体に吸収される鉄分は十グラムほどでしかありません。注射の場合は、百パーセント体内に入りますからね。それで鉄剤注射をするんですが、これを繰り返していると鉄分が過剰になってしまうんです」

「過剰になるとどうなるんですか」

「たいてい内臓障害を起こしますね。実はこの注射はかなり昔からありましてね。注射そのものは違反じゃありませんから。一九六〇年頃から行われていたことが知られています。特に陸上競技の長距離選手には多くて、高校時代からずっと注射をしている選手もいるんですよ。注射そのものは、今もいったように正当な医療行為ですが、注射する場合は内臓疾患を将来起こす場合もあるし、注射の量が多い場合はドーピング違反の恐れもあります。だから現在それを止めるように指導しているんですが、高校時代から貧血が怖くて鉄剤の注射を続けている学生なんかもいるので、それを中止するようにと国体のような大きな競技の時には、選手と監督に伝えているんです。選手というのは少しでも記録を伸ばしたい、新記録を出したいということで禁止されている薬に、走ってしまうんです」

「もしここに、さっき私がいった走り高跳びで四メートルを超す跳躍力が備わる薬、あるいは走り幅跳びで十メートルを超すような薬があるとすると、選手は使いたくなるでしょうね？」

「もしその薬を使えば、世界でたった一人の超人になれるから、その誘惑に勝つことは、難しいと思いますね」

と、川口は、いった。

「色々教えて頂いて、助かりました」

十津川がいうと、川口は、また苦い顔に戻って、

「いいですか、私はそんな薬はない方が良いと思っているんです。それだけは、誤解しないで欲しい」

強い口調でいった。

3

十津川が、次に訪ねたのは、池袋《いけぶくろ》にある薬剤師の協会だった。そこの責任者に会った。この協会では漢方薬についても研究しているという。そこで十津川は、

「今でも新しい薬が、発見されていますか」

と、まず、聞いた。

「昔に比べれば、かなり、少なくなっていますよ。昔多くの薬が、発見されました。今は、ペニシリンのような画期的な薬は、見つからないので、薬のメーカーも苦しんでいるんじゃありませんかね」

「今、新薬として、期待している物はなんでしょうか？」

「一番は、癌《がん》の特効薬でしょうね。あらゆる癌に効く薬が発見されたら、それこそ世紀の発見で、人間は二百歳まで生きられるかも　知れませんよ。現在人間は様々な癌で、死んでいますからね」

「もう一つの薬の方法として、人間の力を大きくするような薬の発見もあるんじ

ゃありませんか。例えば、人間がもっと速く走れるような薬とか、もっと高く跳べるような薬とか。そういう方向の薬は、将来発見されると思いますか？」

十津川が聞いた。

「今、期待されているのはあらゆる病気を治す万能薬みたいな物でしょうが、その他に人間の夢として、例えば百メートルを八秒で、あるいは六秒台で走るような薬。走り高跳びで四メートルを超すような高さまで、ヒョイと跳び上がることのできる薬、走り幅跳びで十メートルをヒョイと跳び越してしまえるような薬。そうした、人間の力を何倍にでもするような薬というのは、実際にもうあるんでしょうか？」

「もっと強くなるような薬があるのかも知れません。でも、今のところそういう薬ではなくて、今あなたがいったさまざまな病気を治すような薬の発見の方に、われわれの願いは、進んでいますから。人間の力を倍増するような、そうした薬の方向には、進んでいません。そうした物はロボットで間に合いますからね」

「しかし、もし、そんな薬が見つかったら、それを、オリンピックで使うことはドーピングで禁止されるでしょうね」

「もちろん、禁止されると思いますよ。人間の力を競う競技ではなくなってしまうからです」

「しかし、選手にしてみたら、もしそういう薬があれば、何とかして、それを手に入れて試してみたくなるんじゃありませんか」

と、十津川が、聞くと、相手は川口明と同じような顔つきになった。

「私からは、何ともいえませんね。それは、選手個人のモラルの問題だから」

と、いってから、

「たしかに十津川さんがいうように、そうした薬が見つかれば、選手にしてみたら、飲んでみたいと思うでしょうね。その誘惑に、勝つのは大変ですよ。そんな薬が、もし見つかったら、それを燃やしてしまうか隠してしまうより他にありませんね。私だって、使ってみたくなりますから」

これで、話は終わった。

本来ならその足で、上司の本多《ほんだ》一課長か、三上本部長に、報告しなければならないのだが、十津川は、上司に会わずに新十津川町に、戻ることにした。まだ自分の考えに、自信が持てなかったからである。もう少し新十津川町について、確認したいことが多かった。

十津川は町に戻ると亀井刑事たちを連れて町役場から川向こうの滝川の町のホテルに移った。町役場に厄介になっているとどうしても、町長や副町長に遠慮してしまうからだった。

ひょっとして、町役場と意見が合わず、対立することになるかもしれないと考えてしまうこともあったからである。

石狩川《いしかりがわ》が見えるホテルの部屋に移ったのだが、ここも魔法使い騒ぎで、泊まり客が多く、十津川たち三人のためにはツインルーム一部屋しか借りることができなかった。そこで、もう一つベッドを入れて貰って三人で過ごすことになった。

その部屋の中で十津川は、亀井と日下の二人に自分の考えと、東京に行って調べてきたことをそのまま話すことにした。

4

十津川が東京に泊まったのはたった一晩だけだったが、それでも、新十津川町に帰ってくると事件が起きていた。魔法使いが跳び上がるところを写真に撮った者には、一千万円の賞金ということになり、その写真を撮ったといって一千万円を貰おうとした、東京からの観光客がいてそのインチキがばれて警察に捕まり、町長がその二人を、追放したというのである。

「なかなかうまく撮れているトリック写真でしたよ」

亀井が、笑いながら十津川に言った。

「しかし、すぐバレました」

と、日下が、いう。

「そういう写真なら、二階の屋根から跳び降りるところを撮って、これは跳び上がるときの写真だということにする。これくらいのことは大抵の人間が、考えますからね。問題の二人も同じように考えて、跳び上がるときではなくて跳び降りる写真を撮って、誤魔化そうとしたんです。しかし人間の身体は跳び上がるときと跳び降りるときでは全然違いますからね。簡単にバレて、地元の警察に捕まりました」

「我々が見たあの魔法使いだが、あれは、何のトリックもなくて魔法使い自身の持っている力で、四メートル以上の高さに跳び上がったと思う。つまり超人だよ」

と、十津川がいうと、

「しかし医者やアスリートはあれだけの高さを助走もなしに跳び上がるのは、今の人間には絶対に不可能だといっていますが」

と亀井が、いう。

「それで私はアスリートが時々ドーピング検査で捕まっていることを思い出したんだ。亀さんがいう通り、今の人間には、あの高さを跳ぶことは、不可能だ。しかし、それを、可能にするような薬が、あるんじゃないか。あの超人は、その薬を飲んで、ああした力を、手に入れたんじゃないかと。その可能性を調べに、東京へ行って来たんだ。東京では、ＪＡＤＡ、日本アンチ・ドーピング機構に行って川口明という医者にも会い、また薬剤師の協会の責任者にも会った。そして、同じ質問をしたんだ。現在ある薬を飲むと、四メートルの高さを、あっさりクリアするような、そんな薬は、ありますかと聞いてみた」

「それで、どんな返事が、あったんですか」

「どちらの責任者も、同じ答えをしたよ。あるとも、ないともいえない。しかし、私はそんな薬には興味がない。なぜなら、選手は飲みたくなるだろうが、飲んだ選手は、選手生命を失う。そんな薬はあってほしくない。どちらの責任者もそういっていた。つまり、そういう薬はあるかもしれないが、あってほしくないともいっているんだ」

「警部は、先日出会った魔法使いというか超人がそうした薬を飲んでいると、いうんですか？」

「魔法使いじゃないことは、はっきりしている。生まれつきあれだけのジャンプ力があるのかも知れないし、そうでなければ、彼は禁じられた薬を飲んでいるんだよ。それも飲み続けたために、あれだけの能力を身に付けてしまったが、競技に出ることはできない。たちまちドーピング検査で、捕まってしまうし、選手生命を、失うからね」

「つまり警部は、一人の選手が、四メートルの高さに跳び上がれる能力を得る薬を飲んだ。そう思っているんですね？」

「その通りだ。あれは、多分、跳躍の選手でそうした薬があるのを、知って、誘惑に負けて飲み続け、あんな驚異的な能力を身に付けてしまった。薬は、効果が強いほど、副作用も強いから、かなり身体はこわれているはずだ。それに正式な競技にも出られない。ドーピング検査を受け、たちまち選手生命を失うからだ。その憂さを晴らすために新十津川町で、魔法使いのように振る舞って、人々を驚かせているんじゃないかな」

「お陰で、この新十津川町は、観光客であふれています。観光客だけじゃありません。マスコミも来ているし、一千万円欲しさにカメラを持って、この町を歩きまわっている奴もたくさんいます。私なんかはひょっとすると、町長たちが、あの魔法使いを見つけてきて観光のために、利用しているように思えるんですが。警部はどう思われますか？」

「この町が、あの超人を利用しているとは思えないね」

「警部はどうして、そう、思うんですか？」

と若い日下が、聞く。

「私はこの新十津川町は初めてだが、前に奈良県の十津川村に行った。その時、十津川村の人たちと仲良くなった。会う人すべて素朴で、明るくて、何かを企《たくら》むようなところはまったくない、人たちだった。この町の人たちは、その十津川村と同じ人たちだ。もっと列車を増やそうとか、観光客を呼ぼうとして、小細工を弄《ろう》することなどやらないと思っているんだ。この町の人たちが、予想もしなかったところで、起きたことだと私は、思っている。結果として、この町に来る観光客が、急増したが、それは超人が、勝手にやったことで、この町の人たちが、企んだことじゃない。だからこそ、どんどん、話が大きくなっていったんだよ。もしこの町の人たちが、企んだことなら、とっくに、化けの皮がはがれて白けてしまっているはずだ」

「それでは、あの魔法使い、いや、超人は、どういう人間なんですかね？　なぜ、この町に現れたんでしょうか？」

亀井がいい、日下も続けて、

「しかも、彼は、町のどこに泊まっているんでしょうか？　泊まっていれば、自然に怪しまれるでしょうに。どうして、こんな騒ぎを起こしているのに、平気で、この町にいられるんでしょうか？」

「いつもあんな格好をしているわけじゃないだろう。普段は、多分、普通の格好をしているんだ。それに、新十津川町の中に、泊まっているとは限らない。多分、近くの町の旅館かホテルに、泊まっていると思う。そして、夜だけこの町に現れる。我々の前から姿を消したあと、この新十津川町を離れてどこかの小さな町に、行って、そこの旅館に泊まっているんだろう」

「この新十津川町の町長や、副町長に話を聞きましたが、あの超人については何も知らないようでした。しかし、本当に、知らないんでしょうか？　それとも誰なのか、想像がついているんでしょうか？」

「多分、想像もついていないと思う。それどころか、町長も副町長も相手を知りたくはないんだよ。結果的にこの町のためになっているんだから、今の段階では探す気もないだろう。それが正直なところだと、私は、思っている。そういう町なんだよ、ここは。東京や札幌などから人々が、集まってきているから、超人の正体を町役場で聞く人もいるはずだ。町の人間も知らないから、いまだに謎のままなんだと、思うがね」

「私が知りたいのは、東京で起きた殺人事件との関連ですが」

と、亀井がいった。

「警部は、東京の殺人について、予想がついているようですが」

「多分犯人は、あの超人か、その仲間だ。それが東京の三鷹で、殺人事件を起こしたんだと、思っている」

「理由は犯人が超人だからですか」

「あの事件の日は、雪が降っていて、しかも夜だった。歩道も車道も、アイスバーンになっていて、私は三鷹駅まで行くのに、スキーを使ったほどだ。あの時、現場まで、跳んで行ければ、楽なのに、と思ったんだよ。アイスバーンに、足を取られることもなく、滑っても、跳び上がれば良いんだからね。犯人はなぜ、平気で、こんなアイスバーンの通りで、人を殺したんだろうかと、考えた。今になって、その答えが、見つかったよ。こちらの超人なら、アイスバーンだって平気で、走れる、跳べる。そう考えると東京の殺人事件の犯人は、我々の目の前に現れたあの超人に、違いないんだ」

「犯人が、東京で、殺人事件を起こした動機は何でしょうか？　もちろん、殺された男は、警部に会って新十津川町への、招待状を渡すことが目的だったと思われますが、招待状の中身は何だったんでしょうか？」

「色々考えられるが、今は断定したくない。今度、あの超人に会ったら、聞いてみたい。それによって対応を、決めたいんだ」

「これから、どうしますか？」

「そうだな。久しぶりに、町長に会ってみたい。町長がどれだけ超人について、わかっているか。それを確かめたいんだ」


翌日十津川は、ＪＲ滝川駅近くの営業所でレンタカーを借りて、それを、足として使うことにした。ここ四、五日が、勝負の分かれ目だと考えたからである。

運転は、三人が交替ですることにした。最初は、若い日下が、運転席に座った。

石狩川橋を渡って、新十津川町に入って行くと滝川とは、空気が違うと感じた。

観光の人たちというより、一千万円欲しさに朝早くから、カメラを持って町の中を動いている人間もいれば、今までに、魔法使いが現れた場所を調べているグループもいる。しばらくはこの騒ぎが、続きそうに思える。

三人はすぐには、町役場に行かず、先日超人とぶつかった新十津川駅に車をまわした。ちょうど正規の第一便が、到着したところだった。いつもなら五、六人しか乗っていない列車なのだが、今日もまた、到着と同時に、どっと乗客が、吐き出された。ほとんど若者たちである。みんなそれぞれ、双眼鏡をぶら下げたり、カメラを持ったりしている。いつもなら、無人駅だから、ホームから直接、外に出てしまうのだが、ＪＲが、五、六人の駅員を毎日、駅舎に配置しているので、どっと降りた乗客たちは、列を作って、改札口を通り、通りへ出て行った。中には駅舎のまわりの写真を、撮ったり、声高に、

「現職の刑事が、魔法使いに会った時、この駅舎の屋根の上へ、ひょいと跳び上がったそうだ」

とか、

「四、五メートルの高さだよ。どんなアスリートだってこの高さは跳び上がれないよ。そうなると、犯人は、魔法使いかなあ。跳び上がる瞬間の写真を撮れば一千万円だぞ」

「しばらくは、この騒ぎが続きますね」

亀井が、小声で十津川にいった。

町役場にまわってみると、そこにも、若者たちが集まっていた。この町の地図

を欲しがっているのだ。町の地図に今まで六回、魔法使いが現れている場所に、印をつけた物を欲しがっているのである。何とかして魔法使いを見つけ、写真を撮って一千万円を手に入れようとしているのだ。そうした連中が地図を貰って出て行ったあと、十津川達は町長に会った。

「大変な騒ぎですね」

十津川がいうと、町長は、笑って

「ここのところ、対応に、追われていますよ」

と、いい、

「おかげで、町民たちは民宿をやって、思わぬ臨時収入を得て喜んでいますよ」

「連中が、魔法使いに会って、跳び上がるところを写真に撮って、一千万円を手にしたら、その後どうすると思いますか」

十津川が聞いた。

「わかりませんが、魔法使いが警察に捕まったら、この騒ぎは、あっという間に消えてしまうでしょうね。静かになるのはありがたいんですが、そうなると、札沼線のことが心配になってきます。何とか、前のような一日三本に、戻したいんですがね」

「魔法使いはどんな人間だと、思いますか？」

「私は見たわけじゃないのでわかりませんが、十津川さんは、ご覧になったのでしょう？　どう思いました？」

逆に町長が聞く。

「魔法使いといわれていますが、明らかにあれは普通の人間ですね。おそらく三十代くらいの普通の人間が、黒のマントを着たり、深い帽子をかぶっているので、いかにも、魔法使いらしく見えるんですが、正体は、普通の人間です」

「それならどうして、新十津川駅の駅舎の屋根まで、ひょいと、跳び上がったんでしょうか。普通の人間なら、できませんよ」

「正しくいうと、特別な能力を持った、普通の人間です」

「よく、わかりませんが……。特別で、普通ですか」

「跳び上がる能力だけは特別な人間です。考えること、あるいは、その他の能力は、すべて、普通の人間だと私は、考えています」

「しかし魔法使いは、どうしてこの新十津川町だけに、現れるんでしょうか。それにいくら探しても、この町で、見つからないんですよ」

「昼間は多分、この町には、いないんでしょう。どこか近くの、小さな村の一軒家にでも隠れていて夜になると、出てくるんじゃありませんか。この新十津川町と、何か関係のある人間だとも考えられますが」

「私は町長として、この騒ぎを収めなければならないと思うのですが、では一体、魔法使いが、どんなことをしてきたのか。人を殺《あや》めたり、放火したりしたわけではなくて、ただ、現れただけで、勝手に町の人々が驚いて慌てている。それだけなので、罪になるのかどうか、私にも判断できずに困っているんですよ。このままでは、何とか見つけて捕まえても、告訴することは、できませんから釈放するより仕方がないんです。その点、十津川さんはどう思われますか？」

「たしかに今のところ、何の罪も犯してはいませんよね。町の人たちが、驚いたといっても、別に魔法使いが何かしたから驚いたのではなくて、急に突然現れたので驚いている。それで逆に魔法使いの方が驚いて、逃げているのかも知れませんからね」

十津川は、東京の三鷹市で、殺人事件があり、その容疑者としてこの町に現れ

ている魔法使いを、考えているのだが、そのことは、町長にはいわなかった。十津川は魔法使いについての質問を止めて、

「町長は、ＪＲ北海道の本社に行って、もう一度一日三本の時刻表に戻して貰いたいといわれたそうですね」

「その通りですが、今のこの賑《にぎ》わいが、続けば自然に、一日三本に戻る期待もありますが、ＪＲ北海道の本社の方では、この騒ぎは一時的なもので、魔法使いが、捕まるか消えてしまえば、前の通りの一日一本で、駅に着くのは、五、六人の鉄道ファンだけになると考えているんです。なかなかこちらの提案を、受け入れてくれません。ただ、十月には列車のダイヤ改正がありますから、せめてその時までこの騒ぎが続いていてくれたら、もう一度ＪＲ北海道の本社に行ってお願いしてみるつもりです」

町長がいった。

「この騒ぎはおそらく、十月まで続きますよ」

十津川がいった。

「どうしてそう、思われるんですか」

「今たくさんの人たちが、新十津川町に押し寄せています。魔法使いを捕まえて、跳び上がるところを、写真に撮って、一千万円を手に入れようとしてです。しかし、そのあとでも魔法使いとの会話を録音したテープでも、新聞社は高く買うんじゃありませんかね。だから今度は、そのテープを作ろうとするでしょう。それに、あの魔法使いが突然眼の前に飛び出してきたら、捕まえるだけの勇気を持った人間は、いないと思うんです。ですから、しばらくはあの魔法使いは、捕まりません。それに、毎日出てこなくてもいいんです。四、五日に一回現れれば、やじ馬や懸賞金欲しさの人だったら、この町から離れませんよ。毎日暗くなると、魔法使いを捜してこの町の中を歩きまわります。見つかるまで、この町に泊まっていくでしょう。たちまち、十月になってしまいますよ」

「しかし十津川さんたち三人は、魔法使いを捕まえようとして、この町に来られたんでしょう? それに皆さん刑事で、三人もいるんだから他の人たちと違って、逃げたりはしない。捕まえてしまったら、そのあとどうするつもりですか?」

「話をしてみたいですが、何しろ相手は、魔法使いですからね。怖くなって三人で逃げてしまうかも知れませんよ」

十津川は、笑ってみせた。

第五章　真実と嘘と

1

　十津川は、再び東京に戻り、もう一人のドーピングの専門家に会うことにした。

前に会ったのは医師でドーピングについて、否定的だが、こちらの白井献太郎《しらいけんたろう》五十五歳の方は、民間人で、時には、ドーピングを認めるようなことも、いってい
た。十津川は一人で、白井の事務所に会いに行き、いきなり、

「ドーピングについて正直に話してもらいたいんですよ」

と、いった。

白井は、笑って、

「私はドーピングについて嘘は、いいませんよ」

「しかし一回だけ、嘘をついたことがあるんじゃありませんか。その選手の名前は忘れましたが、ドーピングは成功したといったら良いのか、それとも失敗したといったら良いのかわかりませんが、物凄《ものすご》い記録が、出たことがありましたね」

「そんなことを話しましたかね?」

と白井が笑いながらいう。

「その時、明らかに、先生は、嘘をついたはずです」

「そんなことがありましたかね?」

「ある薬を、飲んだ選手が、異常ともいえる記録を出した。誰が見てもそれは本人の力ではなくて、薬による結果だとわかる。それでも先生は、あくまで、その選手を庇《かば》った。いまだに庇っていますよね。そうじゃありませんか?」

と十津川がいった。

「それで、どうしたいんですか。ドーピングをした件で、警察が、逮捕するんですか、その選手を。今、彼はどの競技にも、出ていませんよ。今刑事さんがいったように、記録が少しばかりずば抜けているので、誰もが、その記録を薬のせいだといって、その数字を無視しますからね」

と、白井がいう。

「やはり、先生が扱った事件なんですね」

「なぜ、そのことを知っているんですか？」

と、白井が、聞く。

「色々と、調べていって、こんな事件があったらしいと、気づいたんですよ。証拠があるわけじゃないが、やはりそういうアスリートが、いたんですね。その人の話を、してくれませんか。私にはその選手を逮捕する気は、ありません」

十津川が約束した。

「そうですね……」

と、白井は考えてから、

「その選手の名前は、赤坂庄五郎《あかさかしょうごろう》二十五歳です」

「どんな選手ですか？」

「日本人と黒人の、ハーフですよ。素質はあるが、平凡な記録しか、出ない走り高跳びの選手です」

「赤坂庄五郎というのは、妙に硬派な名前ですね。まるでサムライのような感じですよ」

「庄五郎というのは、彼が成人してから、名前を変えたんです」

「どうしてですか」

「赤坂庄五郎は、日本の歴史に詳しくてね。特に明治維新の時の、十津川村の人たちが、好きなんだそうです。この村の人たちは、明治維新の時に勤皇のために、働きながら行動がバカ正直なため、時には、朝廷の敵に、されたりして、何人もが腹を切って、死んでいるんです。その頃の十津川村に、中井庄五郎という、若い郷士《ごうし》がいましてね。この中井庄五郎を尊敬していた赤坂は、名前を庄五郎に変えたんです。十津川郷士の一人だった、中井庄五郎は、若い時から剣の才能があり勤皇の志を抱いていました。彼は、坂本龍馬が、大好きで尊敬していました」

「その話は、本で読んだことがあります。坂本龍馬も、純朴な十津川郷士が好きで、付き合いがあった。だから、坂本龍馬が、殺された時、犯人たちが『十津川郷士』と名乗ったので、坂本龍馬が、安心して、二階に上げたところ、犯人たちがいきなり斬りかかって、坂本龍馬を殺してしまうんですよね。そのことは、本で読んだから知っています」

「中井庄五郎は、その知らせを受けて、坂本龍馬の仇を討とうとします。当時は、新撰組が、龍馬を殺したという噂が強かったので、中井庄五郎は必死になって新撰組を、尾《つ》けまわすんです」

「その話なら、私も知っていますよ。たしか、京都のどこかに、新撰組が何十人か集まっていると聞いて、中井庄五郎は、斬り込んでいくんでしょう？　行動を共にした仲間もいたが、彼以外、誰も死んでいないから多分、坂本龍馬の仇を討とうと、必死になっていたのは、十津川郷士の中井庄五郎だけだったんじゃないか。そんな本を、読んだことがあります」

「そうですね。何しろそこにいたのは、新撰組の土方歳三《ひじかたとしぞう》や沖田総司《おきたそうじ》ですからね。何十人も集まっているところに、斬り込んでいくんですから怖いもの知らずのバカですよ。結果的に、新撰組に、斬り殺されてしまい、二十一歳で亡くなってしまうんです。しかし赤坂という選手が、そんな、中井庄五郎が好きで、名前まで変えた気持ちも、よくわかるんです。黒人と日本人のハーフで、才能はあるのに、うまく記録を出すことができず、あせっていた。自然に、どうしても、不遇のうちに死んだ中井庄五郎が、好きになったんでしょうね」

「それで、白井さんが才能を高める薬を、赤坂選手に、飲ませたんですね？」

「私は、アフリカに行った時に、その薬を手に入れましてね。少し危険な薬だと注意は受けていたので、最初は、赤坂選手に飲ませる気はなかったんですよ。しかし、私が隠していたその薬を彼が見つけ出して、大量に、飲んでしまったんですよ。その結果、走り高跳びで、異常な能力を発揮するようになったんです。これは明らかに失敗でした」

「どうして、失敗なんですか？　高く跳べるようになれば、選手としては、成功なんでしょう。もちろん、ドーピングについては、問題がありますが」

　と十津川がいうと、白井は、また笑って、

「二メートル八十の選手が、薬を飲んで、三メートルを跳べば、誰もが素晴らしいと、賞賛しますよ。しかし、それまで二メートル二十の選手がいきなり、五メートルの高さまで、跳んでしまえば、誰だってこれは、才能ではなくて、薬じゃないかと疑いますよ。それが、失敗だったんです。何度もいいますが、赤坂という選手は、才能が発揮できなくていつも、走り高跳びをやると、三位か四位で終わってしまうんです。それが、いきなり五メートルもの高さを、跳んでしまったんです。こんな結果は誰も信用しませんよ。赤坂選手自身は、必死になって、練習したおかげで、これだけの高さを、跳べるようになったと、説明しましたが、誰も信じなかった。これは、薬だ、ドーピングだといって、非難しました。当然ですよ。赤坂選手は走り高跳びの選手ではなくなってしまったんです。ドーピングを働いた、薬で成績を上げた選手というレッテルを、貼られてしまったんです。百メートル競走だって九秒九くらいで、走れば、十秒の壁を、破った選手として尊敬されますが、いきなり七秒で走ったら、これは薬のせいだと疑われてしまいます。それと同じですよ。非難されるだけじゃなくて、あらゆる競技、大会から、赤坂選手は締め出されてしまったんです。彼は、私に黙ってその薬を飲んだので、私の前からも姿を消しました。私は、彼が自殺でもするんじゃないかと、心配したんですよ。ところが、北海道の新十津川町で魔法使いが現れた、という新聞記事を読んだんです。いきなり二階家の屋根の上まで跳び上がったとか、四、五メートルは跳んだとか、そういう記事を読んでいるうちに、ああこれは、赤坂選手に、違いないと思いました」

「しかし、その騒ぎを白井先生は止めようともしなかったし、魔法使いについて、真相を話そうとはしませんでしたね。それは、なぜですか？」

「なぜですかね。やはり私は、赤坂選手が、好きだからじゃないですかね。彼は、薬のお陰で四、五メートルの高さまで、跳び上がれるようになった。いや、なってしまった。その跳躍力のおかげで国内、あるいは国際競技会に出られなくなってしまった。そうなれば、何もできない。そこで彼は、自分の好きな十津川村と同じ人たちが北海道に築いた、新十津川町のために、何かしようと考えたに違いありません。今、新十津川町が一番困っているのは札幌から、新十津川駅まで来る札沼線の列車が、とうとう一日一往復に、減らされてしまったことです。何とかして、この列車を、増やそうとしている。それを見て、赤坂選手は、仲間と一緒に新十津川町のための、おとぎ話を作ろうと、考えたんだと思うんです。自分が魔法使いに扮《ふん》して、新十津川町で物凄いジャンプを、見せれば、驚いた人たちが、大勢で新十津川町に、やって来るに違いない。そうなれば、札沼線の本数も自然に増えるだろう。そう思っての、魔法使い騒ぎだと思いましたから、私は、止める気はありませんでした。現にそのお陰で、札幌発新十津川行きの臨時便は、毎日、何本も出ているじゃありませんか。それにマスコミもやって来たし、魔法使いを、捕まえたり、写真に撮れば、懸賞金も出る。これでしばらくは、新十津川町は、有名な町になりますよ」

と、白井が言った。

「しかし、魔法使いの赤坂選手は、東京の三鷹で、彼のことを、暴き出そうとした男を、殺しているかもしれない。その殺人容疑がかかっているんです。刑事としての私は、彼を見逃すことは、できません。できればあなたと一緒に、新十津川町で、逮捕したい。協力して貰えませんか」

十津川は、白井が、黙っているので、さらに続けて、

「私は東京・三鷹で、殺された男を見ています。犯人は、あなたが、褒《ほ》めている赤坂選手だと私は、考えているんです。夜、雪が凍って道路がアイスバーンになっている時に、犯人は現場に、駆けつけているんですよ。それを考えると、どうも犯人は、走ったのではなくて、跳んだのだと私は、思っています」

十津川がいうと、白井は、小さく手を振って、

「そんな話、私は、知りませんよ。第一、赤坂選手が、犯人なら、どうして、今

まで逮捕しなかったんですか。それはつまり、証拠がないからでしょう？　もし、警察が、彼を逮捕したら、私は優秀な弁護士を何人も付けて、彼のために無罪を勝ち取ってやりますよ」

「どうして白井先生は、殺人容疑の男を守ろうと、するんですか？」

「第一に私は、東京の三鷹で起きた殺人事件について、何も知らない。そして今、赤坂選手は、必死になって、自分の好きな十津川村、そして、新十津川町のために、観光客を増やそうと努力しています。その志を遂げさせてやりたいんですよ。彼の好きだった十津川郷士の中井庄五郎のように、ひとりで、戦っているんです。何の得にもならず、死を早めるだけなのにですよ」

「結局、彼の身体《からだ》はどうなるんですか？」

と、十津川が聞いた。

「赤坂選手の今の症状は、全身を、癌《がん》に冒《おか》されたような状態です。物凄いジャンプ力を手に入れましたが、そのジャンプ力を使って一回跳び上がるごとに、彼の体力は、消耗していくんです。たぶん、今年いっぱいか来年の初めには、彼は、死んでいるでしょう」

「助ける方法は、ないんですか？」

「ありませんね。彼自身も、それを覚悟で、私が隠していた薬を、飲んだに違いないんですから」

「白井先生には、今でも、赤坂選手から連絡があるんですか？」

「ありません」

「本当ですか？ 今、赤坂選手の症状は、全身を、癌に冒されたような状況だといったじゃありませんか。彼のことが心配で、連絡を、取ったりしないんですか？」

「連絡を取ってどうするんですか？」

逆に白井が、反問した。

「今もいったように、彼の身体全体が、癌に冒されたようなものです。末期癌の人間にどんなことができるというんですか？ 今から、問題の薬を飲むのを止《や》めろといったところで、彼は、助かりません。それなら彼の好きなように、やらせたい、そう思うんです。彼が最期を、どんな風に迎えるのか、私には、想像がつきませんが、たぶん彼は、一人の魔法使いの話を、北海道の新十津川町に残して、いつの間にか、消えていくんじゃないですか。おとぎ話だけを、残していく。赤坂選手は、意外にロマンチストですから、そんな風な終局を、考えているんじゃないかと私は思っているんです。だから敢《あ》えて、彼に、連絡は、取らないんです」

と白井がいった。

十津川は、迷った。

ここまで来て、眼の前の白井が、嘘をついているとは、思えなかった。

世界のアスリートたちが、少しでも、記録を伸ばそうとして、禁じられている薬を飲み、一時的に英雄になれても、その薬の副作用で、廃人同様になったという話を、十津川も聞いたことがあった。

ドーピングは、禁止されているが、薬を飲みたい気持ちは、わかるのだ。

少しでも記録を伸ばしたいというのは、アスリートの業《ごう》のようなものだろう。

自分を破滅させるとわかっていながら、薬を飲む、注射する。

赤坂というアスリートも、同じ気持ちだったに違いない。十津川は、その名前を聞いたことがないから、平凡な記録の持ち主だったに違いないと思う。

そんな若者が、一つの夢を持った。記録を伸ばし、オリンピックに出る夢を。

その夢の達成を、白井が、アフリカから持ち帰った薬に賭けたのだ。

その結果、数センチ、数十センチの伸びだったら、ひょっとすると、オリンピックに出場できたかも知れなかった。ところが、皮肉なことに、一メートルを超す伸びになってしまった。

これでは、誰も信用しない。

オリンピックどころか、国内の大会にも、出られなくなった。

冷静に考えれば、因果応報《いんがおうほう》だろう。

現在、オリンピック候補のリストから、赤坂庄五郎の名前は、消えている。

白井の話によれば、薬の副作用で、末期癌と同じ症状だという。

ここまではいい。赤坂庄五郎は、薬のために、アスリートから除外され、このまま、死を迎えるだろう。

同情の余地はない。

問題は、その赤坂が、新十津川町で始めた魔法使い騒動である。

白井は、赤坂の行動を、肯定的に見ている。

と、いうより、賞讃《しょうさん》しているように見える。

完全な結果論である。

過疎化に悩んでいる新十津川町。毎月、人口は、減っていく。

札幌と、新十津川町をつなぐ札沼線は、一日三本だったのが、一本に減らされてしまった。

赤坂は、十津川村や、新十津川町の人たちが、昔から好きだった。特に、十津川郷士で、若くして死んだ中井庄五郎を尊敬していて、名前を、庄五郎に変えている。

だから、彼は、自分の異常な能力を、新十津川町のために、捧《ささ》げようと考え、魔法使い騒ぎを引き起こした。

この赤坂庄五郎を逮捕できるだろうか？

十津川は、考え続けた。

東京三鷹市の殺人事件については、殺人容疑で、逮捕できるが、直接証拠はないし、目撃者もいない。

新十津川町の事件の方は、逆に、何の容疑で逮捕したらいいかわからないが、目撃者はやたらに多い。十津川自身も、一時的に、相手を拘束した。

しかし、殺人は起きてはいない。

魔法使い騒ぎで、町は、観光客であふれ、札幌発の札沼線は、臨時便が出ている。

忘れられていた新十津川の町は、今や、観光のメッカになっている。誰もが、喜んでいる。

こんな時に、騒ぎの張本人として、魔法使いの赤坂を逮捕してしまったら、十津川たち警察は、間違いなく、怨嗟《えんさ》の的になるだろう。

だが、このまま、放置していいのだろうか？

2

十津川は北海道新幹線と函館本線、札沼線を使って、新十津川町に戻ることにした。札幌の札沼線のホームは、相変わらず、乗客で溢《あふ》れていた。その多くが、若者たちである。誰もがカメラを持ち、中には小さなボイスレコーダーを何台も持っている青年もいた。列車の中で話を聞くと、新十津川町に行ったら、何とかして、魔法使いと会話したい。その会話を録音もしたいというのだ。

「あなたは、その魔法使いを、捕まえて警察に突き出しますか？　そうすればたしか、一千万円の賞金が、貰えるはずですが」

と、十津川は、聞いてみた。

「懸賞金は、欲しいけど、魔法使いを捕まえる気はありませんよ」

と、青年は、笑顔で、いう。

「どうしてですか？」

「捕まえたら、警察は、刑務所に入れてしまうわけでしょう？　そうなったら、誰も、新十津川町には、行かなくなりますよ。それならば、魔法使いは、野放しにしておいて、観光客が新十津川町に、行けばいいんです。そうすれば寂しい札沼線も、大きなルートになるし、新十津川町を魔法使いが、ひらひら跳んでいるのを想像するのも楽しいじゃありませんか。私一人が五百万か一千万円貰ったって、他の人がみんな、楽しみを、奪われてしまうわけですから、それは駄目でしょう」

札沼線で、終点の新十津川駅に降りると、他の観光客も途中で降りず、新十津川駅でどっと、降りた。ここは、今まで無人駅だったのに、今はJRから派遣された駅員が二人で、一斉《いっせい》に、降りてくる観光客の整理に、あたっている。小さな駅舎の屋根には、

『高さ五メートル十センチ。魔法使いはこの高さまで跳び上がった』

と書いてある。それを、初めてやって来た若者たちが、一生懸命、写真に、撮っていた。十津川は、亀井と日下の二人が泊まっている滝川のホテルに、直行した。調べてきた結果を、一刻も早く、二人に伝えたかったからだった。

滝川にあるホテルに着いたあと、一階のロビーで、三人でコーヒーを飲みながら、十津川は白井に聞いてきた話を二人に伝えた。

「この白井の話は、嘘じゃないと思う。彼の話では、魔法使いの正体は、赤坂庄五郎だ。赤坂は、黒人と日本人のハーフで、日本の歴史を学んでいるうちに、十津川の人たちが、好きになったというんだよ」

十津川は、白井から貰ってきた赤坂庄五郎の写真を二人に見せた。

「走り高跳びの選手だ」

と、十津川が、いうと、二人は、

「見たことがありませんね」

そろって、いった。

十津川は、苦笑した。

「日本人の走り高跳びの選手の中では、十番目くらいの記録の選手だったそうだ。それが、アフリカの薬を手に入れて、飲んだところ、異常なほど、記録が、伸びてしまった。これは、何回も、いってるんだが、皮肉といっていい。記録が、二、三十センチだけ伸びたのなら、今頃は、オリンピック強化選手の一人になっていたはずだ。ところが、一メートル以上も、伸びてしまったら、これは、薬の力だと考えてしまうだろう。オリンピック候補になるどころじゃない。すべての大会に出られなくなってしまったんだ」

「それで、魔法使いになった訳ですか？」

「もともと、赤坂は、十津川村が好きで、自分の尊敬する十津川郷士と同じ名前に改めたくらいだからね。過疎に悩む新十津川町を、何とか助けたいと考えたんだろうね。アスリートの頃は、マネージャーが一人ついていたというから、今も、二人で考えての魔法使いだと思う。問題は、この騒ぎに、われわれは、どう対応したらいいかということだ。われわれは、刑事で、単なる野次馬じゃないからね」

と、十津川は、二人を見た。

「問題は、やはり、東京三鷹の殺人事件でしょう」

と、亀井が、いう。

「それを考えると、全体が硬直して、動きが取れなくなる。そこで、東京の殺人事件と、新十津川町の魔法使い騒ぎを分けて考えてみよう」

と、十津川は、いってから、

「新十津川町の騒ぎを、どう処理したらいいと、思うかね？」

「この騒ぎを静めるのは、簡単だと思います。魔法使いは、多分、本人と、今、警部が話されたマネージャーの二人だと思いますから、われわれだけで、逮捕も可能でしょう。逮捕したら、二人が、どんな人間か、マスコミに発表して、それで終わりだと思います。騒ぎは、急速に静まり、この新十津川町も、元の静かな町に戻ると思います」

「それで、いいのかな？」

と、十津川が、聞く。亀井は、

「わかっています」

と、いった。

「新十津川町は、今の活気を失って、元の静かさに戻るわけですから、われわれは、恨まれるでしょう。札沼線も臨時便は、消えてしまうでしょう。町や、列車の賑《にぎ》やかさは消えますが、静かにはなります。われわれも、東京に帰れます」

「それでいいかな？」

十津川が、いうと、亀井が、反論した。

「われわれは、刑事です。新十津川町の人口問題とか、札沼線の一日の本数などを考えると動きが、取れなくなります。そこまで、配慮するなら、直ちに、東京に帰って、三鷹の殺人事件の解決に、全力をつくすべきです」

「現在、魔法使いの赤坂庄五郎と一緒にいると思われるマネージャーの名前は、わかっているんですか？」

と、日下刑事が、聞く。

十津川は、手帳を広げて、

「白井献太郎によれば、名前は、中田宏司《なかたこうじ》。年齢は、三十五歳で、この中田も、元、走り高跳びの選手だったらしい」

「魔法使いを捕まえた時、マネージャーらしき人間は、見えませんでしたね？」

「多分、近くにいたんだと思う。彼は、魔法使いの恰好《かっこう》をしていないだろうから、見つかるとまずいと思って、あの時は、出て来なかったんだろう」

と、十津川は、いった。

「私は、この中田というマネージャーに会いたいですね。この騒ぎを、どんな風に終わらせようとしているのか、それを聞きたいですから」

と、日下が、いう。

「私も、会ってみたいと思う」

と、十津川が、いった時、彼のケータイが鳴った。

東京の三上本部長からで、

「三鷹警察署に、殺人事件の犯人が、自首してきたという報告が、あった。中田宏司三十五歳だ」

と、いう。

十津川は、その言葉に戸惑った。

白井献太郎に会い、赤坂庄五郎のことや、彼のマネージャーのことを聞いた直後だったからである。

一応、東京に戻って、その中田宏司に話を聞きたいと、三上に伝えた。

電話のあと、十津川が、二人の刑事に、この知らせを伝えると、

「向こうさんも、敏感に反応してきましたね」

と、亀井が、いった。

たしかに、十津川が、東京で白井に会い、赤坂庄五郎の名前を聞き、その時、マネージャーの話もした。

その直後の犯人の自首である。十津川の動きに、敏感に反応したと見て、いいかも知れないが、なぜ、これほど、素早く反応したのだろうか？

十津川は、三鷹署に自首してきた中田宏司の訊問《じんもん》の様子を、こちらに知らせてくれるように頼んでから、あと、二日間、新十津川町を歩きまわることにした。

魔法使いに、もう一度、会い、中身が、赤坂庄五郎であることを、確認したかったのである。

「赤坂は、マネージャーの中田と一緒に動いていて、その中田が、急きょ、東京の三鷹に行って、自首したとすると、現在、赤坂はひとりということになる。見つけたら、すぐ逮捕する」

と、十津川が、いった。

「罪名は、何ですか？　魔法使いの恰好で現れて、人を脅かしたというだけでは、逮捕は難しいと思いますが」

と、亀井が、いう。

「今までは、たしかに難しかった。新十津川町の方も、魔法使い騒ぎで、観光客が増え、おまけに、札沼線も臨時便が増えたといって喜んでいたからね。しかし、今回、赤坂のマネージャーが、殺人をしたといって、自首してきた。向こうの狙いは、捜査の攪乱《かくらん》だろうが、こちらも、赤坂を殺人の共犯容疑で逮捕することができる」

と、十津川は、いった。

十津川の唯一の不安は、この町の人々の対応だった。

明らかに、この町は、魔法使いの登場で、恩恵を受けている。それがあるので、十津川たちの逮捕を邪魔されるかも知れないということだった。

夜になって、十津川たちは、石狩川を渡って、新十津川町に入っていった。

前に、魔法使いに出会った駅舎の方向に、ゆっくり歩いていく。

時々、三、四人の若者のグループに出会う。明らかに、この町の人間ではない。観光客が、一千万円を狙って、グループで、魔法使いを探しているのだ。

中には、木刀を持っている若者もいた。魔法使いが、抵抗したら、それで、殴るつもりなのか。これも、十津川の心配の一つだった。

駅舎が見えるところまで来た時、突然、前方に、魔法使いが現われた。

「捕まえろ！」

と、十津川が叫び、若い日下が、相手に飛びかかっていった。そのあとを、十津川と亀井が追う。

黒マントの魔法使いは、逃げようとして、足をもつれさせ、その場に転んだ。

日下が、その背中に、のしかかるようにしてから、腕をつかんで、立ち上がらせた。

「君を、殺人の共犯容疑で逮捕する。これから話すことは――」

と、日下が、いうのを、十津川は、

「ちょっと待て！」

と、押さえ、魔法使いのフードを、はぎとると、

「君は、何者だ？」

と、声を荒らげた。

むき出しになったのは、二十歳前後に見える若い男の顔だった。

「僕は、藤村啓《ふじむらけい》。東京の世田谷《せたがや》から来ました」

と、男が、少し、ふるえながらいう。

「どうして、魔法使いの恰好をしてるんだ？」

「どうしてって。この町に来たら、魔法使いの正体をあばいても賞金が出るが、魔法使いの恰好が、一番似合っていても、賞金を貰えると聞いたんです。それなら、魔法使いの恰好をして、本物の魔法使いを捕まえれば、両方の賞金が貰えると思ったんですよ。警察に捕まるとは、思わなかったなあ」

と、口をとがらせる。

「魔法使いの恰好を採点するのは、どうやるのかね？」

十津川が、聞くと、男は、一枚の地図を取り出した。

「これを、役場で貰うんです。この町の地図で、印のついているところに、隠しカメラがあって、そこを通ると、採点されるんですよ。駅舎のところにも、印がついているから、今夜、駅舎の近くを、歩いていたら、いきなり警察が出てきたんで、びっくりしましたよ」

と、いう。

「いつから、魔法使いコンテストが始まったんだ？」

と、十津川が聞くと、相手は、

「二日前から、町のあちらこちらに、ポスターが、貼り出されていますよ。魔法使いコンテストで賞金を貰おうって。駅舎の壁にも、貼ってありますよ」

と、いう。

十津川は、急いで駅舎の裏にまわってみた。

札沼線で、終点の新十津川駅に着くと、今は駅舎の中を通って、町に出て行く。

その時に眼に入るところに、問題のポスターが、貼られていた。

大きなポスターである。

魔法使いコンテストに優勝すれば、賞金百万円。

衣裳《いしょう》は、自分で用意してもいいが、町役場には、貸衣裳もあると記《しる》されている。

魔法使いの写真も出ていた。そこには、「参考」の文字があった。

「参ったね」

と、十津川が、溜息《ためいき》をついた。

「マネージャーが、東京で、警察に自首してしまったので、魔法使いの赤坂は、困るだろうし、捕まりやすくなると思ったんだが、こんな方法で、弱味を押さえていたんだよ。このコンテストで、本物の魔法使いが出歩かなくても、夜になれば、何人もの魔法使いが、出てくるから、赤坂の影響力は、小さくならないんだ」

「魔法使いの衣裳を町役場で、貸すとポスターにありますから、このコンテストは、町が考えたことかも知れませんね」

と、日下がいう。

3

十津川は、夜が明けてから、それを確めるために、町役場に出かけた。

副町長に、ポスターのことを聞いている間にも、魔法使いの衣裳を借りに来る若者の姿があった。

「このコンテストは、厳密にいうと、町役場が、考えたものじゃありません」

と、副町長が、いう。

「では、誰が？」

「三日前に、突然、大きな荷物が、町役場に届きましてね。開けてみたら、例のポスターが、百枚と、魔法使いの衣裳が、五十着も入っていたんですよ。それで、全員で考えました」

「何を考えたんですか？」

「魔法使い騒ぎは、明らかに、新十津川町にとって、追い風でした。ただ、ここにきて、マンネリ化していました。一千万円の賞金も、あまり役立ちません。そんな時でしたから、町役場に届いたポスターと、魔法使いの衣裳は、それを使って、魔法使い騒ぎを、もう一度、大きくするのに役立つと思いましてね。すぐポスターを町のところどころに、貼って、反応を見たのです。そうすると、大きな反応があったのです。思わず、われわれは、万歳を叫びました」

「どの程度の反響があったんですか？」

「その日の夜になると、町のところどころに魔法使いが現れ、以前と同じ魔法使い騒ぎが、生まれたんです。これで、もう少しの間、新十津川町は、安泰だと思いました」

「いつまで続けばいいと、思っているんですか？」

と、亀井が、聞いた。

「そうですね。一応、十月までを考えています」

「なぜ、十月なんですか」

「十月に、時刻表の改正があるからです。何といっても、中央と、鉄道がつながっていることが、うちのような地方の町にとって、最大の問題です。札沼線で、新十津川町は、札幌と、つながっています。命綱といってもいいのです。ところが、今まで、一日三本あった列車が、一日一本に削られてしまったのです。中央と、一日一本で、細々とつながっているんです。そのうちに、一本の列車もなくなってしまうでしょう。そうなったら、新十津川町は、間違いなく、陸の孤島になってしまいます。それをなんとか、一日に三本に戻したいのです。十月に、その希望を成功させたいのですよ。それまで、今の賑やかさが続いていたら、一日三本に戻る可能性があると思っているのです」

「それで、十月まで、魔法使い騒ぎが、続いて欲しい訳ですね」

「その通りです」

「そこで、質問ですが、この町で、魔法使い騒ぎが起きたのは、なぜだと思いますか？」

と、十津川が、聞いた。

「正直にいって、わからないのです。魔法使いが何者なのかも、わかっていません。したがって、魔法使いの気持ちもつかめませんが、新十津川町が好きなのだと思いますね。ただ、彼は異常な跳躍力を持っていて、夜、町の人間に出会うと、その力を使って、逃げていた。その異常な跳躍力に、びっくりした町民が、本物の魔法使いだと、騒ぎ出したのです。つまり自然に、騒ぎが、大きくなったわけです。ただ私たちの町のような小さなところでは、自然に大きな事件になりました。変ないい方ですが、おかげで、新十津川町は、日本中の話題になりました。予期せぬ幸運というべきでした」

「それでも、まだ、魔法使いの正体は、わからないのですか？」

「残念ながら、わかりません」

「わかる必要はないということですか？」

十津川が、聞くと、副町長は、笑って、

「たしかに、知らなければ、より神秘的になって、面白くなるかも知れませんが、町役場としては、いかなる人間が、どんなことを考えているかを知る必要があるとは、思っています。しかし、なかなかわかりません。十津川さんたちが、魔法使いが、何者なのかを明らかにしてくれると期待しているんですが、なぜか調査の結果を教えてくれませんね」

「昨日、東京で、一人の男が、殺人を告白して、東京で逮捕されました。名前は、中田宏司ですが、ニュースで、もう知っていましたか？」

と、十津川が、聞いた。

「そのニュースは、まだ知りませんが、何か、この町と関係があるのですか?」

「魔法使いのマネージャーだといわれています」

「マネージャーですか?」

「そうです。実は、その日に、ここの町役場に大きな荷物が届いたことになるんですよ」

と、十津川が、いった。

「そうなると、そのマネージャーが、魔法使いコンテストのポスターと、魔法使いの衣裳五十着を送りつけたということになるんですか?」

「その疑いを、持つんですがね」

「しかし、そのマネージャーが、なぜ、そんなことを?」

と、副町長が、聞く。

「多分、マネージャーが、いなくなっても、魔法使い騒ぎが、続くように願ってのことでしょうね」

「しかし、なぜですか?」

「魔法使いになった男も、マネージャーも、この新十津川町が、やはり好きなんでしょうね。だから、魔法使いで、賑やかな町のままにしておきたかったんだと思いますね」

と、十津川は、いった。

「うれしいと思いますが、できれば、その理由を知りたいですね」

と、副町長が、いい、部屋から出てきた中井町長は、

「魔法使いさんは、この田舎町《いなかまち》の救世主だよ」

と、大きな声で、いった。

翌日、東京から、十津川あてにファックスが、送られてきた。

赤坂のマネージャー中田宏司が、三鷹署に自首したあとの自供の内容だった。

〈私、中田宏司は、走り高跳びの選手から、赤坂庄五郎のマネージャーになりました。

赤坂は、二年前まで、平凡な記録しか残していませんでしたが、あることから、急に記録を伸ばし、一躍、オリンピック出場レベルの走り高跳びの選手になった

のです。私も、彼の記録に、喜び一杯でした。彼の新しい記録は、前のオリンピックの優勝記録を超すものだったからです。ところが、ひとりの男が急に、赤坂庄五郎に、まとわりつくようになりました。赤坂の練習場にも、現れ、大会にも、現れるようになってきたのです。

　もちろん、応援して下さるのでしたら、大歓迎なのですが、この男の場合は、赤坂の悪口を連呼するのです。赤坂が、ここにきて、いい記録を出しているのは、薬のせいだ、ドーピングだと、大声で、わめきつづけるのです。毎日のように、大声で叫び続けられると、そんな眼で、赤坂を見る人が、増えていくのです。

　そして、とうとう赤坂が、ドーピング検査を受けることになってしまったのです。もちろん、合格の結果しか出ませんでしたが、男の攻撃は、止みません。

　そして、遂に、赤坂の車の中に、禁止薬を撒《ま》くようになったのです。警察にも相談したのですが、その男は、もちろん、否認し、警察は、彼を逮捕してくれませんでした。

　そして、とうとう、赤坂の車のブレーキに細工して、事故を起こさせようとしたのです。彼だという証拠はありませんが、彼以外には、考えられないのです。

この時も、警察に相談したのですが、らちがあきません。

そこで、あの日、男を尾行した私は、三鷹駅を出たところで、彼を捕え、卑怯《ひきょう》な真似《まね》はやめろと、いってやったのですが、男は、せせら笑い、赤坂のようなニセのアスリートは、早く死んだ方がいいなどとわめき、拳銃を取り出したのです。私はかっとして、殴りつけました。

そのあとのことは、はっきりと覚えていないのです。気がつくと、男は、死んでいました。その時の私は、こんな男に、赤坂を殺させてたまるかという意識しかありませんでした。彼を殺す気だったことも、否定しません。以上の通り、正直に自供しました。

中田宏司〉

十津川は、三回、読み直してから、亀井と日下にも、読んでもらった。

「感想を聞きたい」

と、十津川は、二人を見た。

「殺した相手の名前は、書いていませんね」

と、日下が、いった。

「わざと書かなかったのか、本当に知らなかったんでしょうか？」

「相手の名前を知らなかったという方が、殺意は低かったと思われるからだろう。そのくらいの計算は、するだろう」

と、十津川が、いった。

「この自供に対して、私の根本的な疑問は、中田宏司というマネージャーが、本当に相手を殺したのかということです」

と、亀井が、いった。

「それで？」

と、十津川が、先を促す。

「犯人は、赤坂庄五郎で、マネージャーの中田宏司が、身代わりに、自首したのだと、思っているのですが」

「身代わりで、刑務所にも、入る覚悟でいるということか？」

「そこまでは、やらないと思います。したがって、中田は、万一に備えて、しっかりしたアリバイを持っていると、思うのです。裁判になったら、そのアリバイを持ち出す気だと見ていますが」

と、亀井が、いう。

「それは、赤坂庄五郎の了解の上でのことだと、思うのか？」

「もちろん、そう思います」

「赤坂庄五郎が、殺人容疑で、捕まってしまっては、魔法使い騒ぎが、保てなくなるからということかね？」

「私は、そう思います」

「私は、少し違う考えです」

と、日下が、いった。

「君の意見を聞きたい」

「新十津川町も、赤坂庄五郎も、魔法使いが少しでも、長く続けばいいと、思っているはずです。そんな時間の不確かなことに、中田宏司は、オーケイしたんでしょうか？」

第六章　一つの約束

1

十津川は、東京の三鷹署へ行き中田宏司に会うことにした。あとに残す亀井たちに向かっては、

「元マネージャーの中田宏司が東京の三鷹署に自首して出たのは、明らかに、赤坂庄五郎を助けるためだ。したがって中田は、あの雪の日に起きた殺人事件の犯人ではない。できるだけ我々の注意を、この新十津川町から、東京の三鷹に、向けさせようとしているんだ。私としては、どういう考え、どんな気持ちで、自首したのか、会って聞いてみるつもりだ」

「中田がいなくなったんですから、この町に残っていると思われる赤坂庄五郎は、孤独になり、失敗を犯すかもしれません。その時には、有無をいわせず、逮捕しますか？」

と亀井が聞いた。

「私も最初は、たった一人になるなと思ったんだが、ひょっとすると、赤坂庄五郎には、女性が、付いているかも知れない」

と十津川がいった。

「女性ですか？」

「そうだ。東京・三鷹で、殺人事件があった時に、捜査本部に、電話を掛けてきた女がいただろう。声からして、若い女だと思う。あの時は、殺人事件を、告発しているように思えたが、今になると、赤坂庄五郎を、応援しているのかも知れない。したがって、マネージャーの中田がいなくなっても、若い女がそばにいれば、赤坂庄五郎は孤独にはならないだろう。つまらない失敗もしないだろう。その点を、考えて冷静に対処してくれ。私が戻ってくるまでこの新十津川の町も、札沼線の問題も、つまらないミスで、つまらない終幕を、迎えて貰いたくないいんだ」

と、十津川は言った。

その日の内に、十津川は、札幌に出て新千歳空港から羽田空港に飛んだ。羽田からは、東京駅に出て、東京駅から、中央線で三鷹に向かった。三鷹署では署長自ら、十津川を迎えた。

「中田はどんな様子ですか？」

と、十津川が、聞く。

「あの雪の日の、殺人について、私がやりましたと、いっているんだが、それ以外のことは何も喋《しゃべ》らないんだ」

と署長がいう。

「どうして、殺したかもいいましたか？」

「いや、それも、いわない。自首はしてきたんだが、その後まったくの黙秘だからね。あの殺人事件が、解決したような気は、全然しないんだ。むしろ疑惑が、増えている気がして仕方ない」

と署長がいった。十津川は、中田宏司本人に会うことにした。

十津川は、自分の前に座った中田の顔を見た。年齢は三十五歳。しかし彼自身も走り高跳びの選手だったというだけに、背が高く、筋肉質の身体《からだ》を、している。十津川が頼んでおいたので、若い女性刑事が二人分のコーヒーを、運んできてくれた。

十津川は、ゆっくり、コーヒーを口に運んでから改めて、中田の顔に、目をやった。

「君があの雪の日の、殺人事件の犯人だとは驚いたよ」

「そうですか。人間、時にはバカなこともやりますから」

と中田がぼそっと、いった。

「こちらとしては、君が犯人で、あの殺人事件が、解決してくれれば良いんだが、なぜあの夜、三鷹で、男を殺したのか。その理由を話してくれないか」

「バカな話なんですよ。あの日、友達と新宿で飲みましてね」

と、中田が、いう。

「飲んだ相手というのは？　赤坂庄五郎じゃないのか？」

「彼は酒が、飲めません。古い友達と久々に会ったんで、新宿で、飲んだんです」

「それで、そのあとは？」

「私は中野のマンションに、住んでいたんですが、酔っ払ったまま、中央線に乗りましてね。寝てしまったんですよ。気がついたら三鷹だったんで、慌てて、降りたんです。ところが、引き返す適当な電車が、すぐにはないんですよ。酔っ払っていて、電車が揺れるのも嫌なので、タクシーに乗ろうと思って、駅の外に出たんです。あの日は路面が凍っているし、寒いので、タクシーが出払っていて、なかなか、つかまらない。それでも何とか早く帰りたくて、どこかに、タクシーが停《と》まっていないかと思って歩き出したんですよ。そうしたら、あの男が、後ろからぶつかって来たんです。何しろ下がアイスバーンに、なっているので、私は、もろに転がって、電柱に、ぶつかってしまったんです。怒りましたよ。何するんだってね。ところがあの男は、知らんぷりして、どんどん歩いていくんです。こっちは、カッとして喧嘩《けんか》になって、そのうちにあいつは突然、拳銃を取り出したんです。ギョッとしましたよ。こいつは、殺されるんじゃないかと思いました。ただ、こっちは、昔、走り高跳びの選手だったことがあるから、取っ組み合いになれば、負けないと思いましてね。うまく、あいつの拳銃を取り上げて、脅かしのつもりで、引き金を引いたんです。そうしたら弾が、出て、相手の頭に、命中して死んでしまったんです。私は必死で、逃げましたよ。もちろん、拳銃を持って。だって、私の指紋が付いてますからね。だから、あの男が、どんな人間なのか、拳銃を持っていたから怖いヤクザじゃないか、そんなことを考えただけです。名前も、知りませんよ。前に見たこともありません」

「どうやって、中野の、自宅マンションまで帰ったんだ？」

十津川が聞いた。

「よく覚えてないけど、たぶん、三鷹から電車で帰ったと、思いますね。タクシーが見つからなかったんだから」

「それで、拳銃は、君が持って帰ったのか」

「そうです」

「そのあと拳銃はどうしたんだ？」

「あんなの持ってたら大変だから、始末しました。よく見たらあの拳銃、改造拳銃でしたよ。だから、二発は、撃てたけど、三発目は、撃てなかった。銃身が焼けちゃっていて、そのまま、多摩川《たまがわ》に行って、捨てました」

と中田がいった。

「突然喧嘩になって、殺したんで、相手の名前も住所も知らないのか？」

「そうですよ。名前も知らないし、住所も経歴も知りませんよ」

「しかし、君の供述調書の内容とは、ずい分違うね。君が、マネージャーをやっていた、赤坂庄五郎だけどね。彼は三鷹の殺人事件とは関係ないのかね？」

「ありませんよ。今いったように、久し振りに友だちと会って、新宿で飲んで、中央線で帰ろうと思ったら三鷹まで、行ってしまった。すべてツイてなかったんですよ。真っすぐ、中野の自宅マンションに帰っていれば、あんな男と、喧嘩をしなくても済んだし、殺さなくても、済んだ。もちろん赤坂庄五郎とは何の関係もありませんよ」

「君に、聞いて貰いたいものがある」

十津川はボイスレコーダーを取り出した。あの時電話してきた女の声を、録音したものである。

それを聞かせてから、

「この女の声に聞き覚えはないか?」

「まったくありませんね。私の知らない声です。どういう女性なんですか?」

逆に中田が、聞く。

「君が殺したという男は、三鷹のマンションに住んでいる私を、訪ねてきたと、電話の女性はいっていたんだ」

「それならなおさら、私にも、赤坂にも、関係がない」

と、中田がいった。

「あの夜、三鷹の駅の外で、男を殺したことは、認めるんだね?」

「ああ、認めますよ。裁判になったら私は、正当防衛を主張するつもりですがね」

と、中田はいった。

「休憩にしよう」

十津川は、もう一杯コーヒーを入れてくれるように、頼んでから、

「それで、新十津川町の『魔法使い』の件だがね」

笑顔で、いった。中田も、ほっとした顔で、

「彼には、好きなように、やらせて貰えませんか。彼は、本気で新十津川町が好きなんですよ。だから何とか、十津川町のために、つくしたい。そんな思いの彼にとってできることは一つしかない。何よりもドーピングの疑いで選手生活は、終わりになってしまいましたが、魔法使い騒ぎで、何とか札沼線の本数も増やしたいし、あの町に観光客を呼びたいんですよ。女性を脅して悪さをしようとしているわけじゃないし、人を殴ったり蹴ったりもしていない。だから、したいようにやらせてあげたいんです。これは秘密なんですが、彼の身体は私と白井献太郎先生が、アフリカで見つけてきた薬の副作用で、ボロボロになってしまっているんです。多分、あと一ヶ月もしない内に内臓の障害で、動けなくなるかもしれません。それまで自由にやらせてやりたいんですよ。自分の力であの町の観光客が増えたといって、喜んでいるんですから」

「君がこっちに、来てしまったので、赤坂庄五郎は一人になって、心細いんじゃないのか」

「大丈夫ですよ。あの男だっていい大人なんだし、意外にしっかり、していますよ。自分のことはよくわかっていますから」

「赤坂庄五郎に現在、彼女は、いないのか？」

「私が知っている限りでは、いませんね」

「じゃあ完全に、今は、一人じゃないか」

十津川はわざと怒ったような口調でいった。それに対して、中田が、

「今いったように、いい大人ですから、一人でも大丈夫ですよ。それに、彼はお金が欲しくて、あんなことを、やっているわけではなくて、自分の好きな中井庄五郎が生まれた十津川村のために、できることを、何かやってあげたいだけだし、今までだって、警察の厄介になるようなことはしていないはずです。新十津川町の町役場の人たちだって、喜んでいるはずですよ。観光客も増えたし、臨時列車だって日に、何本も、終点の新十津川駅まで来てるんですから」

と、繰り返す。

「たしかに町役場は、町長も、副町長もみんな喜んでいる。君がいったように、魔法使い騒ぎで、観光客も、増えているし、臨時列車が何本も走っている。今度は、魔法使いコンテストを始めたが、あれも、君と赤坂庄五郎の二人で、考えたことなのかね。それをやるように町役場に勧めたのか？」

「別に勧めたわけじゃありませんよ。ただ、こういう案があるけどどうですか？と町役場には、いいましたけどね。私も、赤坂庄五郎に感化されてしまい十津川村にも、新十津川町にも、関係はないんですが何とか、人口を増やしたいし、もっと、札幌から出る列車の本数が、増えれば良いと、思っています」

「私が知りたいのは、魔法使いをやっている赤坂庄五郎の、気持ちなんだ」

と十津川がいった。

「幕末の十津川村に、中井庄五郎という郷士がいて、坂本龍馬に憧れていた。その坂本龍馬が京都で殺されてしまった。中井庄五郎は、てっきり殺したのは、新撰組だと思い込んで、敵《かたき》を討とうと新撰組を付け狙った。土方歳三を始め、新撰組の侍たちの集まりを知って、同志と一緒に斬り込んで逆に殺されてしまった。そういう中井庄五郎という無鉄砲な男が好きだということはわかるよ。しかし、ただそれだけで君と、元選手の赤坂庄五郎が魔法使い騒ぎを起こしたとは思えないんだ。他にも何か理由があるんじゃないか。もしあったら教えてくれないか」

「別にありませんよ」

「ところで、赤坂庄五郎が尊敬している十津川郷士の中井庄五郎は、二十一歳で死んでしまった。京都に、彼の墓があると聞いたんだが間違いないか？」

「いや、私は、知りませんね。赤坂は本当に十津川郷士の中井庄五郎が好きですが、私はそれほど熱い気持ちは、ないから、彼の本音がどこにあるかは、知りません。どうしても知りたければ、彼に聞いたら、どうですか」

と中田はいい、そのまま黙ってしまった。

十津川は、部屋を出て、中田宏司の尋問をやっているという、木内《きうち》警部に会った。

「何か話しましたか」

木内が聞く。十津川は、苦笑して、

「ほとんど何も、喋りませんね。ところで、あの雪の日に、殺された男ですが、身元は割れたんですか？」

「それが一向に、わからなくて困っているんですよ。指紋の照合とか、病歴とかそういうことから身元に、迫ろうと調査を進めているんですが、まだ、わかっていません。その上、自分が殺したと出頭した中田宏司も、相手を名前もわからずに、殺してしまったといっているので、手に負えません」

と、木内は、続けて、

「私なんかは、殺された男が、十津川さんに会いに来たという話が、出ているので、ひょっとしたら、十津川さんがご存知じゃないかと思って、期待していたんですが」

「残念ながら、私も、まったく知らない男です。しかし、中田宏司が、被害者を知らないというのは嘘《うそ》ですね。知っていて殺したんだと思いますよ」

「その点は、同感です」

「中田に、誰か面会に来ていませんか？　若い女性か、あるいは弁護士か」

十津川が聞く。

「今のところ、面会人はゼロです。たぶん弁護士には相談せずに、一人で、自首してきたんじゃないかと思います」

木内警部が、話している時に、外から三鷹署に、電話が入った。留置されている中田宏司のことを聞きたいという電話なので、対応した刑事がボイスレコーダーに繋《つな》いだ。短い会話だったが、十津川に聞かせてくれた。

「三鷹警察署ですか？」

と若い女の声が聞く。途端に十津川は、

(あの女だ)

と直感した。

「そちらに、中田宏司という人がお世話になっていると思うのですが」

「殺人について自首してきたので、留置していますが、どういうご用件ですか?」

「中田宏司の遠縁にあたる者ですが、元気でしょうか?」

「一応元気ですよ」

「私も、元気だと伝えて貰えませんか。それだけです」

と言って、女は、電話を切ってしまった。

この電話について調べてみると、北海道の札幌市内の公衆電話から、掛けられていることがわかった。

2

十津川は翌日、今度は、京都に向かった。京都東山《ひがしやま》の京都霊山護国《りょうぜんごこく》神社に中井庄五郎の墓があると聞いたからである。霊山護国神社は、坂本龍馬の墓があるので有名である。そのため坂本龍馬の命日には若い女性が、押し寄せるという。その神社に十津川郷士の中井庄五郎の墓もあった。坂本龍馬の敵を討ちたくて、新撰組に斬り込み、そして二十一歳で亡くなった中井庄五郎にしてみれば、龍馬と同じ神社に祀《まつ》られて、満足しているのではないか。

十津川は社務所で、中井庄五郎について、話を聞いた。

「時々、坂本龍馬と同じ神社に祀られているので、この中井庄五郎という人はどういう人かと、聞きに来る方がいらっしゃいますよ」

と、社務所の人が、話してくれた。

「坂本龍馬と同じ土佐《とさ》藩の侍でもないし、幕末に活躍した、長州・薩摩などの侍でもないので、不思議に思う人が、いるんですよ。だから、このお墓の中井庄五郎という人が坂本龍馬が好きで堪《たま》らなかった。その坂本龍馬がこの京都で、殺されてしまったが、中井庄五郎はてっきり新撰組が殺したと思い込み、敵を討ちたくて新撰組を付け狙い土方歳三たちが天満屋に集まっているのを突き止め、同志の陸奥宗光たち十六人と斬り込んだのです。しかし、必死に戦った中井庄五郎は刀が折れてしまい、彼一人が死んでしまって、他に死者は出なかった。それだけ必死で戦い二十一歳の若さで、死んでしまったんです、と説明すると、皆さん、喜びますよ。男が男に惚《ほ》れたというのはこういうことですかねぇ、と感心する方も、いらっしゃいます」

「最近、中井庄五郎のお墓に、お参りに来た人はいませんか？」

十津川が聞いた。

「そうですね。三日か四日前ですが、三十代の男の方が訪ねていらっしゃいまして、中井庄五郎のお墓に、花束を捧《ささ》げてから、五万円渡されて、花がしおれたらこのお金で新しい花を買って来て、活《い》けて下さいと、いわれました」

社務所の人がいう。その男の顔立ちを聞くとどうやら、中田宏司のようである。三日前というから、恐らくここに、寄ってから東京に戻って、三鷹警察署に、出頭したのだろう。

「その人は名前も書いていきましたか？」

十津川が聞くと、

「それがですね、お名前も書いて頂きましたが、どうもその人のお名前じゃないみたいで」

　という。

「どうしてですか？」

「男女のお名前になっているんです」

　その時に、男が書いていった名前を見せてくれた。そこに、書かれていたのは、

『庄五郎・ゆみ』

　という二人の名前だった。

「それでびっくりしましてね。この神社に祀られている、中井庄五郎さんと、同じ名前ですねとお聞きしたら、うれしそうに笑っていらっしゃいました」

「その名前にも、ゆみという名前にも姓の方が書いてありませんね。それについては何かいっていましたか？」

「一応聞いたんですけど、笑っていらっしゃったんで、それ以上は、聞きませんでした。ただ、このお二人に、頼まれて来たみたいなことはおっしゃっていました」

「このあと、電話があったりはしませんでしたか？」

「電話はありません。こちらの庄五郎さんには、同じ名前なので、会ってみたいとは思っているんですが」

と、いわれた。

3

十津川が新十津川町に戻ったのは、その翌日である。いかにも、慌ただしい旅だった。臨時列車で、終点の新十津川駅に着くと、相変わらず車内は観光客で一杯だった。

町に入ると、至るところに魔法使いコンテストのポスターが、貼ってあって、優勝賞金は一千万円となっている。駅には亀井刑事が迎えに来ていた。十津川は駅舎にも貼ってあるポスターに目をやりながら、

「なかなか盛んだね」

「とにかく、協賛する企業が増えて、優勝賞金があっという間に一千万円になりました。これはお祭りですよ。町を歩くと時々、魔法使いに、ぶつかります。コ

ンテストでは、どれだけ、助走なしで、高いところまで跳び上がれるかを競うというので、ふるさと公園に行くと、魔法使いの恰好《かっこう》をした若者がやたらに、跳び上がる稽古《けいこ》をしていますよ」

そのふるさと公園の中のレストランで、十津川と亀井は、日下刑事と北条早苗刑事もまじえて、一緒に夕食をとりながら、東京の三鷹署で中田宏司に会った話をした。

「我々が予想した通り、魔法使い役の赤坂庄五郎は、女と一緒だ。このゆみというのがどういう女かは、わかっていない」

「捜査本部に、最初に電話してきたのは、この女なんでしょう？」

「そう思っている」

「そうなると、彼女は、何のつもりで殺人事件のあと、本部に、電話をしてきたんでしょうか？　新十津川町で始まった魔法使い騒ぎを、予告するようなつもりでしょうか。それとも逆に、こういうことにならないようにしたかったんでしょうか？」

と亀井が聞く。

「今までのところ、どちらとも、取れるね」

「東京の三鷹であの日、男を殺したのは中田宏司だと、思われましたか？」

日下刑事が聞く。

「いや、身代わりに、出頭したんだと思った。雪で滑った被害者がぶつかって来た。それで、喧嘩になって被害者は、改造拳銃を取り出したのでそれを奪って、相手を撃ち殺してしまったといっている。しかし、そんなことで相手を殺すような人間にはとても見えなかったね」

「やはり、赤坂庄五郎の、身代わりですか？」

「それが少し違うような気もしてきているんだ」

「どんな風にですか？」

「中田は、元アスリートの赤坂庄五郎が、薬の副作用で、間もなく死ぬと思っている。だから、最期《さいご》までやりたいように、やらせたい。その時間を、稼いでいるつもりなんだと思う。だから元マネージャーの中田は、そのつもりで、出頭しているんだ」

「そうすると、今、本物の魔法使いは、このゆみという女と一緒でしょうか？」

「一緒だから中田は安心して三鷹署に、出頭したんだと思う。赤坂庄五郎一人だったら心配で、東京には、行けなかったと思う」

「このゆみというのは、どんな女なんですかね？」

「声だけしか、聞いていないが、殺人事件の直後でも落ち着いて話をしていた。だから、赤坂庄五郎より年上かもしれない」

と、十津川がいった。

この頃から、魔法使いコンテストの当日まで新十津川の町は、連日、賑《にぎ》やかだった。至るところに、魔法使いがいて、その魔法使いを追いかける観光客がいて、さらに取材するマスコミの人間たちがいて、とにかく賑やかなのだ。臨時列車も、毎日新しい観光客を新十津川駅まで運んできた。札幌のテレビ局が、その様子を、連日報道するようになった。十津川にとって不思議だったのは、本物の魔法使いの、赤坂庄五郎が見つからないことだった。新十津川町には、ホテルや旅館が少ない。町は、ふるさと公園のすべてのビルや施設を観光客に、提供しているが、赤坂庄五郎が、どこに泊まっているか、わからないのである。そこで十津川は、こう考えた。

彼と一緒にいるであろう、ゆみという女は、もともと、この新十津川町の人間かもしれない。それも、一人でこの町のどこかに住んでいて、そこに、赤坂庄五郎は隠れているのではないか。だから、近隣のホテルや旅館、あるいは、ふるさと公園の施設などを、いくら調べても、赤坂庄五郎が、見つからないのではないか。

「それなら町役場へ行って、この町の住人の中にゆみという名前の女がいるかどうか調べて貰ったら、はっきりするんじゃありませんか」

と北条早苗が、十津川にいった。

「それは駄目だよ」

「どうしてですか」

「このゆみという名前は、たぶん偽名だ。本名で、わざわざ、京都の神社に申告しないだろう。申告したらすぐ、見つかってしまうからね。したがって、ゆみというのは仮の名前だと思っている」

「私が心配なのは」

と、若い日下刑事が、いう。

「本物の魔法使いの、赤坂庄五郎は、薬の副作用で身体をやられているんですよね。今、どんな状態なのか、それがわかれば、無理にでも、病院に連れていくんですが」

「たぶん、相当悪いと思う」

「どうしてですか？」

と、日下が聞いた。

「中田宏司が、身代わりに警察に出頭したり、男女の連名で、京都の中井庄五郎のお墓に、花を供えてくれと頼んだり、それを見てきた私には、赤坂庄五郎の症状がかなり悪いのではないか、だから後悔しないように、色々と、手を打っているのではないか。そんな風に、思えるんだよ」

十津川がいった。

その内に、突然一冊の本が出版され、それが新十津川町役場にも、送られてきた。

『すべてがこの若き十津川郷士で始まった』

というタイトルの本である。中に書かれているのは、十津川郷士の、中井庄五郎の青春だった。

その本によれば、中井庄五郎は弘化四年（一八四七年）十津川村に生まれている。体が大きく、幼少の頃から剣の道に励み、特に居合の達人だったという。彼は勤皇の志が高く、土佐藩の英雄・坂本龍馬に憧れていた。坂本龍馬の方も、中井庄五郎が好きで、自分の刀を庄五郎に贈ったといわれている。その坂本龍馬が京都近江屋《おうみや》の二階で殺されてしまった。その時犯人は、私は十津川郷士ですといって、坂本龍馬を安心させ、いきなり斬り付けて中岡慎太郎とともに殺してしまったといわれている。それを聞いた中井庄五郎は、当時犯人は新撰組だといわれていたので、新撰組の土方歳三たちを付け狙った。その土方たちが泊まっている旅館が見つかったので、同志の陸奥宗光らと一斉に斬り込んでいった。その時、不幸なことに中井庄五郎の刀が折れてしまった。それでも必死で戦い、その戦いで死んだのは中井庄五郎一人だった。つまりそれだけ、死を賭して戦ったのである。

現在、中井庄五郎のお墓は京都の坂本龍馬の墓の近くに建てられている。実は、この中井庄五郎に憧れて、自ら名前を『庄五郎』に変えた一人のアスリートがいる。そのアスリートは現在、北海道の新十津川町で、魔法使い騒ぎを引き起こしている張本人ではないかといわれている。そのアスリートは、軽く四メートル以上の高さまで跳ぶことができるという。その本物の、魔法使いが今回のコンテストに果たして、現れるかどうか、人々は見守っている。つまり、今回の魔法使い騒ぎのルーツを、探っていくと、幕末に坂本龍馬の敵を討とうと、新撰組と戦った、十津川村の郷士・中井庄五郎に、辿《たど》り着くのである。

この本はその中井庄五郎を書いたものである。

魔法使いコンテスト当日は、快晴だった。

コンテストの会場は、ふるさと公園で、天幕が張られて、その中で、開催された。

写真などで、最終予選で選ばれたのは、二十人である。

魔法使いのコスチュームなので、二十人が、同じように見える。十津川たちも、会場に行っていたが、区別がつかず、この中に、赤坂庄五郎がいるのかどうか、わからなかった。

会場では、札幌のテレビ局が、中継車を出して、放送を始めた。

一人ずつ、マント姿の魔法使いが紹介されるたびに、大きな拍手が起きた。

審査員席には、新十津川町の町長や、テレビ局の役員、そして、ＪＲ北海道の副社長たちが、並んでいた。

まず、コスチュームについて、点数がつけられていく。

十津川は、このまま、静かにコンテストが進行するとは、とても思えなかった。

そのつもりなら、マネージャーの中田宏司が、コンテスト前に、わざわざ東京三鷹署に出頭することはしなかったろう。

ここに残ったアスリートの赤坂庄五郎に、自由に行動させるために、違いないのである。

そのうちに、会場に、高さを示す器具が、運び込まれた。

ハイ・ジャンプ用のものに似ているが、違うのは、高さを示すのが、頑丈な鉄棒で、簡単には外れないようになっていることだった。

「二メートルから、始めます。これは、通常の高跳びではなく、真の魔法使いを選ぶコンテストですので、助走はつけず、跳躍して頂きます。二メートルの高さをパス、つまり、あと送りされても構いませんが、優勝した場合に、賞金一千万円から、一回パスするごとに、百万円を引かせて頂きます」

と、司会者が、説明し、拍手と笑いが生まれた。

二十人の魔法使いの中には、学生時代、高跳びの選手だった若者もいると、十津川は聞いていたが、実際に跳ぶことになると、次々に失敗していった。

助走をつけずに高く跳ぶのが、いかに難しいかだった。

失敗するたびに、会場に嘆声がもれた。それでも、三名が何とか跳び、一名が、この高さをパス、つまりチャレンジしなかった。

そこで、二メートルからは、五センチきざみで、高くしていった。

二メートル五センチ

二メートル十センチ

二メートル十五センチ

と、高くなるのだが、二人の魔法使いは、次々に、跳び上がっていき、もう一人は、次々にパスしていった。

十津川は、無言でパスしていく三人目の魔法使いに、注目した。

小きざみに、高く跳ぶ、二人の魔法使いには、十津川は、

(違うな)

と、思っていた。

十津川は、新十津川駅の駅舎の前で、本物の魔法使いと、出会っている。

その時、相手は、彼の眼の前で、駅舎の屋根まで、いきなり跳び上がって見せたのである。

その驚異的な跳躍力が、こちらの二人には感じられないのだ。

多分、この二人は、どこかの大学の運動部、それも、跳躍の選手だろう。

生まじめに、跳び続けているが、時々、危なっかしくなる。その度に、会場に、悲鳴が上がるのだ。

パスを続ける三人目の魔法使いは、椅子に腰を下ろし、眠っているように見えた。まだ、一度も跳んでいないのである。

二メートル八十センチ

この高さで、残っていた一人の魔法使いが脱落した。

二メートル九十センチ

二人目が、失敗した。

会場に、悲鳴と、溜息《ためいき》がもれた。

残ったのは、すべての高さをパスしてきた魔法使い一人になった。

司会者が、声をかけた。

「残ったのは、十七番さんだけになりました。競争者がいないので、この先のパスは、できません。現在、最後に成功した魔法使いが跳んだ高さは、二メートル八十センチですので、あなたには、この高さから跳んで頂きます。もし、パスされるのなら、失格となります」

「――」

最後の魔法使いが、何かいったが、会場のざわめきで、聞こえない。

司会者が、そばまで行って、話しかけていたが、

「え？　何ですって？　四メートルですか？」

「――」

「四メートルを跳ぶんですか？」

「――」

「わかりましたよ」

と、司会者は、もとの場所に戻ってきて、

「これから、最後の魔法使いの方に、跳んで頂くのですが、高さを四メートルにしてくれと、無茶な要求をされました。これ以上、パスはできないということで、無茶をいわれたんだと思いますが、ともかく、バーの高さを、四メートルに設けました。失敗されたら、最後に、二メートル八十センチを成功された十一番の方が、優勝になります。賞金の方はやはり――」

と、くどくど説明していると、最後の魔法使いがゆっくりと、椅子から腰を上げた。

そのあと、突然、司会者の頭の上をふわりと、跳び越した。

司会者の身長は、一メートル七五～六センチだろう。

それでも、会場全体が、「わあっ」という歓声に包まれた。

あわてた司会者は、バーの高さを、早く、四メートルにするように急がせた。

普通の家なら、四メートルというのは、天井につかえてしまう高さである。

この会場は、テント作りなので、軽く四メートルの高さに、バーは、上がった。

が、今まで、二メートル数十センチかで、競っていたので、四メートルは、やたらに高く見えた。

魔法使いは、バーの近くまで歩いていくと、何の助走もなく、何の掛け声もなく、いきなり、跳び上がった。

ふわりとした感じで、四メートルのバーの上に、立っていた。

拍手は、少し、間を置いて、生まれた。

それが止《や》むのを待って、魔法使いは、バーの上から、審査員席に向かって、呼びかけた。

「審査員の皆さん。特にJR北海道の副社長の方に、申しあげたい。現在、新十津川駅に発着する札沼線の列車は、一日一本しかないが、それを以前の一日三本に戻して頂きたい。そのための私の計画を聞いて、ほしい。私は、優勝者として、一千万円の賞金が貰えるはずだから、それで、まず、現在、無人駅になっている新十津川駅を改修する。屋根の高さは、四メートルにして、観光客が、屋根まで跳び上がれたら、一億円の賞金を出すことにする。この賞金は私が用意する。これを宣伝すれば、一日三本の列車を、動かせるはずだ。それを、約束して貰いたい。どうだね？」

魔法使いは、バーの上に立ったまま、審査員席を、まっすぐに見すえた。

「君は、何者なんだ？」

と、町長の中井が、大声を出した。

「ごらんの通りの魔法使いだよ。あんただって、札沼線を一日三本にしたいだろう？」

「本当に一億円を用意できるのか？」

と、JR北海道の副社長が、聞く。

「もちろん、私は、嘘はいわない。だから、一日三本の列車を、新十津川駅まで、走らせるんだ。私も一億円を約束するから、あんたも一日三本の列車を約束してくれ」

「私には、それはできない」

「そんなことだから、北海道は、廃線ばかりになってしまうんだ。私が、一日三本の列車といったら、あんたは、一日五本を約束するようでなければじり貧に落ちてしまうぞ」

「とにかく、そこから降りて来たまえ。ゆっくり、話し合おう」

「駄目だ。最低一日三本だ。約束しろ！」

魔法使いが、声を大きくした時、場内の騒ぎを聞きつけて、警官が、数人、飛び込んできた。

彼らは、バーの上に立っている魔法使いに向かって、

「降りて来なさい！」

「約束が、先だ」

「逮捕するぞ！」

警官の一人が、跳び上がって魔法使いの足首をつかもうと、した。

その瞬間、魔法使いは、

「約束を忘れるな！」

と、大声で叫ぶと同時に跳び上がり、テントの天井にあった穴から、消えてし

まった。

第七章　ある男の死

1

優勝者が、消えてしまうと、会場は、急に静かになった。

それは、優勝した魔法使いの異常な身体能力に対する畏怖《いふ》が、会場全体を支配していたからだった。

町長が、気を取り直して、参加者たちに、いった。

「優勝者が、姿を消してしまい、妙なことになりました。もし、このまま、賞金を取りに現れなければ、もう一度、コンテストを行うことになります。皆さんも、それに備えて、練習に励んでください」

「もし、消えた魔法使いが、賞金を取りに現れたら、魔法使いコンテストは、もう終わりですね？」

と、参加者の一人。

「いや。消えた優勝者は、賞金の一千万円で新十津川駅を改修しろといっていた。元来、駅の改修は、ＪＲの仕事だから、町が協力するとしても、一千万円すべてを、出す必要はないと思います。賞金の心配はありません。大丈夫です」

町長は、なるべく長く、このコンテストを続けて、観光客に来て貰いたいのだ。だから、内心、優勝した魔法使いが、姿を消したことを喜んでいた。

コンテストの様子を見ていた十津川は、若い日下刑事を現場に残して、亀井と、滝川のホテルに引き返した。

「なぜ、あれほど、優勝者は、激しい口調で叫んでいたんでしょうか？」

落ち着いたところで、亀井が、疑問を口にした。

「私は、最初、何に腹を立てているのかと、考え込んでしまったのだが、あれは、怒っているのではなくて、薬の副作用が、激しくて、死を覚悟して、喋っているのではないかと、思ったんだよ」

「死期を知って、いいたいことを、すべて、口にしたというわけですか？」

「私は、そんな気がしたんだ。他にも、いいたいことがあると思うから、姿を現して、喋ってほしい。特に、東京三鷹の殺人事件について、喋ってほしいんだがね」

と、十津川は、いった。

しかし、優勝した魔法使いは、コンテストの会場から消えたまま、再度、姿を現す気配はなかった。

会場に残って、様子を見ていた日下刑事も、夜になると、ホテルに帰ってきてしまった。

「それで、結局、どうなったんだ？」

と、十津川が、聞く。

「町長は、今回の優勝者は、賞金一千万を受け取る権利を放棄したので、来月に、もう一度魔法使いコンテストを行う。賞金は同じく一千万円と発表しました」

「町長としては、コンテストを止めたくないんだ。続けている限り、観光客は、やってくるし、駅の改修の方は、ＪＲに任せれば、一千万円は、まるまる残りますからね」

と、亀井が、いった。

「たしかに、その通りだが、優勝した魔法使いの気持ちに、添っているかも知れないよ」

と、十津川が、いった。

「警部は、魔法使いの正体は、やはり、赤坂庄五郎だと思われますか？」

「このまま、彼が現れなかったら、東京に行って、中田宏司に会って、確認してくるよ」

と、十津川は、いった。

新十津川町の町長が、来月に、もう一度、魔法使いコンテストを催し、一千万円の賞金を約束したので、ふるさと公園には、さっそく、応募者の練習用に、走り高跳びの道具が設置された。

第一回のコンテストで、本物の魔法使い以外の者が、二メートルを跳ぶのに苦心していたので、次のコンテストでは、最低二メートルは、跳ぶことという数字が、示された。

それに応じて、ふるさと公園に置かれた走り高跳びの道具には、二メートルの高さに、バーが渡されていた。

この道具の横には、大きな町の看板が立てられた。

「来月二十日に、第二回の魔法使いコンテストが行われます。

次回は、最低二メートルの高さを跳び越えることが、必要になります。皆さん、ここで、練習に励み、ぜひ、一千万円の賞金を手に入れて下さい」

ふるさと公園以外にも、町の何ヶ所かに、同じような走り高跳びの道具が置かれ、二メートルの高さに、バーが、設定された。

「二メートルを最低限にしてしまうと、参加者が減ってしまうんじゃないのか？」

と、十津川は、心配したが、逆に、参加申込者は、増えていった。

それが不思議で、十津川は、ふるさと公園に、練習に励む若者たちを見に行った。

外からやってきた若者が、争うように、二メートルのバーに向かっていく。見ていると、十人に一人は、その高さを跳び越えて、そのたびに、歓声が上がっている。

他の数ヶ所に置かれた練習道具でも、二メートルのバーを、跳び越す若者が、次々に出てきた。

そのことを、新聞が、

「新十津川町で、奇蹟《きせき》が起きている」

と、書いた。

この記事のあと、第二回の参加申込者は、二倍になったといわれた。

これを、十津川が、不思議がると、若い日下刑事が、笑って、いった。

「おそらく、あの高さは、正確な二メートルじゃないんですよ。きちんと、測ってみれば、二メートルより少し低いんじゃないですかね」

と、いった。

「本当か？」

「実は、私も、大学時代にちょっとだけですが、走り高跳びをやったことが、あるんですよ。ですから、勘でバーの高さがわかります。あれは、どう見ても二メートルは、ありませんね。たぶん、二十センチか三十センチは、低いんじゃありませんか？」

と、日下が、いう。

「君のいっていることが本当なら、町は、どうして、そんなことを、やるんだろう？」

「おそらく、それだけ商売がうまくなった、ということではありませんかね？　いくら練習をしても、誰も魔法使いの格好のままで、二メートルの高さが跳べないとなったら、決勝戦には残ることはできませんからね。誰も跳べないということになると、観光客も帰ってしまうのではないでしょうか？　ところが、十人のうちの二、三人が、跳び越せるとなったら、帰りませんよ。だから、参加者の皆さんも夢中になって、一ヶ月後のコンテストの日まで、練習を続けるんじゃありませんか？　私は、そんなふうに思います」

と、いって、日下が、笑った。

この日、十津川たちは、町に設けられた練習用の道具を見てまわった。

そのどれもが、日下にいわせると、正確には二メートルはなくて、二十センチから三十センチは、低いだろうという。

そのせいか、時々、その高さを跳んだ人へのワーッという歓声が、聞こえてくる。

二日後の全国テレビでも、

「今や、新十津川の町は、魔法使いの格好をしたハイジャンプの人間で、いっぱいになっています。

とにかく、町の数ヶ所に作られた練習場では、一千万円の優勝賞金を狙って、何人もの魔法使いが、走り高跳びの練習をしています。二メートルに成功する人が現れると、そのたびに、大きな拍手と、歓声が沸き起こります。

こうなると、来月の第二回コンテストは、新十津川の町が、沸き立つでしょう」

と、アナウンサーは、楽しそうに、いった。

十津川や亀井は、町のやり方が、何となくインチキ臭いと思ってしまうのだが、若い日下は、違う意見を持っていた。

「コンテストの時には、二メートルを超さないと、決勝戦には出られませんが、練習場には、別に二メートルと数字は書いてありません。勝手に、バーの高さは、二メートルと思い込んでいるんです。ですから、百八十センチだって百七十センチだって、別に騙《だま》しているわけではないんです。みんなが、二メートルだと信じ込んで練習していますから、来月の、コンテストの時には、あの低いバーの高さが、決勝に、出るラインになると思います。それでもいいじゃありませんか。決勝に残る人間が多いほど、賑やかになりますから」

と、いうのである。

なるほど、理屈的にはそうなると、十津川は、思った。

ただ、ここに来て、十津川が知りたいのは、本物の魔法使いの行方だった。

今、赤坂庄五郎は、どこで、何をしているのだろうか。それと、元マネージャーの中田宏司にいわせると、問題の薬は、強烈な副作用があるというから、身体《からだ》を病んでしまっているのではないか。強烈な副作用に苦しんでいるのではないかと、心配になってくるのだ。

それに、赤坂庄五郎が、見つかったら、東京の三鷹で起きた、殺人事件についても聞いてみるつもりになっていた。

何といっても、十津川は、東京の警視庁の刑事だからである。

2

一ヶ月が経《た》った。あっという間だった。

町役場は、その間もＪＲに対して、新十津川駅発着の列車の本数を、一本から三本にして欲しいと陳情を続けていたが、まだ、オーケイの返事をもらってはいなかった。

コンテストの日になった。

前と同じ場所で、まず、予選が行われた。

「どうだ?」

十津川が、若い日下に、聞いた。

「二メートルといいますが明らかに二十センチから三十センチは、低く、なっていますよ。これなら、予選通過者は、多いと思います」

と、日下が、いった。

日下刑事が予想した通り、問題のバーを十六人もが、跳び越すことに、成功して、決勝に残った。大変な騒ぎである。

そして、この十六人による最後の決戦が行われた。優勝したのは、東京からやって来た大学生だった。

その大学生には、町長が一千万円の賞金を与え、その代わり、今日から一週間、魔法使いの衣装を着て、新十津川町の宣伝をしてほしいと、依頼し、そして握手した。

最後は、最終決戦に残りながらも、優勝できなかった人たちも交えての、パーティーになった。

「本物の魔法使いは、今回は、現れませんでしたね」

と、十津川が、町長に向かって、いった時、突然、会場の入り口のほうが、騒がしくなった。

魔法使いが、若い女性を、連れて入ってきたのである。

（本物だ）

と、十津川は、とっさに、思った。

歩き方が、違うのである。

その魔法使いは、優勝者に向かって、

「おめでとう」

と、いいながら、握手をし、

「コンテストに優勝した君に、魔法使いの栄誉を譲るよ」

と、いい、町長に向かっては、

「成功おめでとうございます」

と、いってから、置かれたままになっている高跳びのバーに向かって、ゆっくりと、走っていった。

そして、鮮やかに、少なくとも、バーの二倍の高さを軽々と跳び越し、会場から消えていった。

会場にいた新聞記者やテレビのカメラマンが、慌てて、魔法使いのあとを追いかけていった。

亀井と日下の二人も、魔法使いを、追いかけていったが、十津川は、魔法使いよりも、彼と一緒に会場に入ってきた、女の腕をつかんだ。

「あなたの名前を教えていただけませんか？」

と、十津川が、いった。

「早瀬由美《はやせゆみ》といいます」

と、女が、いう。

十津川は、その声に、ボイスレコーダーで聞き覚えがあった。東京の三鷹で殺人事件があったあと、電話をかけてきた女の声である。

「私は、あの魔法使いが、誰なのかを知っています。赤坂庄五郎という、十津川村、いや十津川郷士に憧れている男でしょう？　十津川村や、こちらの、新十津川町のことを、好きだということもわかっています。しかし、こちらから進んで逮捕しようとは、思っていません。ただ、真実が、知りたいのですよ。あなたと、魔法使いの赤坂庄五郎とは、どういう、関係なのですか？」

十津川が、聞いたが、女は、答えない。十津川は、続けて、

「東京で雪の降った夜、三鷹で殺された男が、いましてね。その被害者の名前は、わかっていませんが、新十津川町か、あるいは、十津川村の人間ではないかとも、いわれています。しかし、われわれが調べてみると、十津川村にも、新十津川町

にも、該当者がいないのです。この被害者と、あなたとは、いったい、どういう、関係なのですか？」

と、聞いた。

「正直に、いわなければいけないのでしょうか？」

と、女が、聞く。

「おそらく、われわれが捜査中の事件も、まもなく解決するはずです。そこで、あなたに、お聞きしているのです。あなたと被害者とは、いったい、どういう、関係なのか？　そして、魔法使いの赤坂庄五郎とは、どうなのか、それを教えてくれませんか？」

と、十津川が、聞いた。

早瀬由美という女性は、チラリと、腕時計に目をやって、一人で、うなずいたあと、

「被害者は早瀬誠一郎《せいいちろう》といい、私の父です」

と、いった。

「では、あなたと赤坂庄五郎とは、いったい、どういう関係ですか？」

十津川が、繰り返して聞くと、早瀬由美は、また、腕時計に眼をやった。

(おそらく、この時間内で、魔法使いの赤坂庄五郎が、無事に逃げおおせたかどうかを、考えているに違いない)

と思いながら、十津川は、

「それに、この、新十津川の町との関係も、聞きたい。赤坂庄五郎が、十津川郷士に、憧れていたということは、わかりますが、あなたの父親の早瀬誠一郎さんも、同じですか?」

「たしかに、私の父は、十津川村や新十津川町に、何回か、旅をしたことがあって、あの村や町の素朴さに、憧れていたことは間違いありません。できることなら、十津川の人間になりたい。そんなことを、いっていたこともありましたから、人によっては、父を十津川村か、あるいは、新十津川町の人間だと、思い込んでいたのかもしれませんね」

と、早瀬由美が、いった。

「それで、東京の三鷹の事件は、どうして起きたのですか? あの時に、殺された男は、どうやら、私に、会いに来ていたようなのです。ところが、その途中、赤坂庄五郎に殺されたと、私は、考えているのです。ただ、その理由が、わからない。特に、あなたのことを考えると、余計に、わからなくなるのですよ」

と、十津川が、いった。

「私と父は、神奈川県川崎《かわさき》市の、マンションに住んでいました。同じマンションに赤坂庄五郎さんも、住んでいたんです。赤坂庄五郎さんのところには、時々、マネージャーさんだという人が、来ていて、それで、赤坂庄五郎さんが、日本でも、トップクラスの走り高跳びの選手だということを、知りました。父は、今もいったように、十津川に憧れていたんですが、話してみると、赤坂庄五郎さんも同じように、十津川村や新十津川町の人に、憧れていて、それで、気が合って、よく一緒に、食事をしたりするようになったのです」

と、早瀬由美が、いった。

「それが、どうして、あんなことに、なったのですか？」

十津川が、聞くと、早瀬由美は、一瞬、下を向いて、黙ってしまったが、しばらくして顔を上げると、

「赤坂庄五郎さんは走り高跳びの優秀な選手で、国体にも、出たことがあるとい

うことでしたが、最近は、成績が、今一つよくなくて、いろいろと、悩んでいたようなのです。一時は、オリンピックの代表選手にも、なれそうだということもあって、おそらく焦ったのでしょうね。ドーピングの専門医・白井先生とマネージャーの中田さんがアフリカから、持ち帰った薬を飲んだんです。それは、かなりの劇薬なので、危ないから飲むなと、中田さんは、赤坂さんに、いっていたらしいんですが、赤坂さんは、切羽《せっぱ》詰まっていたんでしょうね。中田さんの忠告を、無視して、飲んでしまったのです。ドーピングの薬としては、おかしないい方かも、知れませんが、とても、優秀な薬だったのです。赤坂さんの跳べる高さは、急に高くなってしまって、日本記録や世界記録はおろか、五メートルか六メートルも、跳べるようになってしまったというのです。あまりにも、極端な数字のため、赤坂選手は、ドーピングの疑いがあるとして、検査を受け、問題の薬の反応が出てしまい、すべての競技会から、出場を拒否されて、しまったのです。赤坂さんは、一時、自殺まで、考えたそうですが、その頃、赤坂さんが憧れていた十津川村と、新十津川町では、毎年どんどん人口が、減っていました。その上、新十津川町では、新十津川駅を発着する列車が、一日三本から、一本に減らされそうになって、町民が悩んでいるという話を聞いたといいます。それなら、自分が、人集めをやろうと考え、元マネージャーの中田さんと、考えに考えた末、魔法使いの格好をして、五メートル、六メートルの高さまで、跳び上がって見せれば、それが話題になって、観光客を、集められるのではないか？　そう考えて、その気持ちを私の父にも話したのです。私は、父が賛成してくれたらいいな、と思ったんですが、父は頑固者で昔気質《むかしかたぎ》ですから、そんなインチキなことをすれば、自分たちが、憧れている十津川の町が、傷ついてしまう。そういって、猛反対をしたのです。それでも、赤坂さんと、中田さんは、自分たちの計画を実行すると決めたんです。父は、それを止めさせようとして、東京の三鷹にいる十津川さんに会いに行ったのです。私は、そう聞いています」

「お父さんは、どうして、新十津川町には、行かずに、私に会いに行こうと、思ったんですか？」

と、十津川が、聞いた。

「父は、何かで、あなたの名前を目にしたのでは、ないでしょうか？　その上、名前から、当然、十津川さんは、十津川の出身に違いないと考え、それなら、直接、新十津川町の町長に、会いに行くよりも、東京で刑事をしている十津川さんに、会いに行ったほうが、穏便に、赤坂さんたちの、新十津川町行きを止めさせることができると、そう考えて、十津川さんに会うために、三鷹に行ったのではないかと、思うのです。ところが、赤坂さんも、中田さんも、新十津川町に行って、町を、賑やかにして、鉄道も本数を、減らさないようにしたいと思っていましたから、父を止めに、三鷹に行ったんです。そこで、父は、今もいったように、頑固な人ですから、赤坂さんのいうことなど、聞こうとしない。たぶん、それで喧嘩《けんか》になったのだと思います。もともと赤坂さんは運動選手で、力も強いですから、止めようとして父を殺してしまった。私は、そう、思っています。そのあとのことは、十津川さんが見た通りです」

「あなたは、途中で、赤坂さんに、魔法使いを、止めさせようと思ったことは、なかったんですか？」

十津川は、聞いてみた。

「そのことで、今までずっと、悩んでいました。でも、好きな新十津川町に、観光客を呼ぼうとすれば、赤坂さんが考えたように、魔法使いの出現が、どうしても必要だったんです。といって、反対に、父を殺した赤坂さんを、警察に引き渡そうと、考えたこともあります。でも、新十津川町にやって来る観光客の数が、どんどん、増えていって、赤坂さんが、うれしそうにしているのを見ていると、どうしても、止めることができませんでした」

と、早瀬由美が、いった。

魔法使いを追って、出ていった、亀井と日下の二人が戻ってきた。

「残念ですが、捕まえることが、できませんでした。どこに逃げたのか、わかりません」

二人は、悔しそうな顔で、十津川に、報告した。

十津川は、二人に、早瀬由美を紹介してから、

「あなたなら赤坂さんが、どこに行ったか、わかりますか？」

「わかりません」

と、由美が、いう。

「赤坂さんの身体に、薬の副作用は、出ていないんですか？」

「それもわかりません」

「そのことについて、赤坂さんに、直接聞いたことは、なかったのですか？」

と、亀井が、聞いた。

「ありません」

「どうして聞かなかったんですか？」

「聞くのが、怖かったんです。もし、赤坂さんが死ぬようなことになったらと、考えると、とても怖くて」

と、由美が、いった。

3

二日後、十津川は、失踪中の赤坂庄五郎から手紙を貰った。

「早瀬由美さんが、十津川さんと、一緒にいると聞いたので、彼女が、すべてを話したに違いないと思います。

早瀬由美さんという人は、嘘のつけない人ですから、彼女の話すことは、すべて、本当のことです。

彼女の父親である、早瀬誠一郎さんも、同じように嘘がつけず、頑固で、妥協のできない人でした。

幸か不幸か、私は、早瀬さん父娘と同じ川崎のマンションに、住んでいました。そのうちに、親しくなり、一緒に食事をするようになったのですが、その時、早瀬誠一郎さんも、熱心な、十津川郷士のファンであることを知りました。

二人とも、十津川村や、新十津川町を何回も、訪ねていくうちに、そこに住んでいる人たちの純朴さ、村や町の自然の素晴らしさに、強く、惹《ひ》かれていったのです。

私は、その頃、走り高跳びの、選手でしたので、マネージャーの中田さんと大学時代のコーチと、毎日のように、トレーニングに明け暮れていたのですが、どうしても、記録を伸ばすことができませんでした。

このままでいけば、私は、日本を代表する選手ではなくなり、国際大会にも出られなくなるし、オリンピックにも、出場できなくなってしまいます。私にとって、それが、いちばんの恐怖でした。

もし、オリンピックで、優勝でもしたら、勇んで、十津川村に行って、あるいは、新十津川町に行って、そこに、住もうとも考えていたのです。そして十津川の子どもたちに、ハイジャンプを教える。そんな夢を持っていたのです。

しかし、このままでは、私の夢は消えてしまいます。

そんな時に、アフリカに行っていた中田さんが白井医師と、あの薬を持って、帰ってきたのです。アフリカでは、人よりも、速く走りたい、高く跳びたいという人は、みんな、子どもの頃から、この薬を飲んでいると、中田さんがいったのです。

ただし、この薬は劇薬で、副作用が強いから、飲まないほうがいいと、いわれたのですが、私は、その頃、記録が、伸びずに、走り高跳びの代表選手から外されそうになって、苦しんでいましたから、つい手を出して、その薬を、飲んでしまったのです。

とたんに、激しいけいれんに襲われました。

たしかに激しい薬でした。

その薬を飲んでから、私の記録は、どんどん伸びていき、というよりも、ど—

んと、二メートルから四メートル、五メートルになっていったのです。

　これは、私の失敗でした。少しずつバーの高さを上げていけば、よかったのに、いきなり四メートル、五メートルを、跳んでしまったので、陸連に、ドーピングの疑いがあるといわれて、調べられて、しまったのです。

　その結果、ドーピングの烙印《らくいん》を押されてしまったのです。

　こうなると、四メートル跳ぼうが、五メートル跳ぼうが、日本を、代表する選手としては認めて、貰えません。

　そのうちに、ドーピングをやった選手ということで、どんな小さな大会にも、出場できなくなってしまいました。

　私は、そのことに、悩みました。自殺も考えました。

　その時、マネージャーの中田さんが、私にいったのです。

『今の君の、人並み外れた、ハイジャンプの力を利用して、君の好きな、十津川村、あるいは、新十津川町のために、働いてみようという気はないか？　特に、新十津川町では、毎年人口が減るのと、列車の本数が、少なくなることに悩んでいる。君が、例えば、魔法使いの格好をして、その異常なジャンプ力を、見せれば、それが噂になって、観光客が、集まるのではないだろうか？　自殺なんてバカなことを考えていないで、そうした、プラス思考をしてみないか？』

中田さんは、こう、いったのです。

私は、その案に、すぐ飛びつきました。自殺をするよりも、よっぽど、いいからです。

ところが、早瀬誠一郎さんが反対したのです。

『そんなインチキをやって、いくら、新十津川町が有名になったって、町の人たちは、少しも、喜ばないぞ。いや、喜ぶどころか、逆に、インチキだといって、怒るに決まっている』

そういって、大反対したのです。

それでも、私は、新十津川町に、行きたかった。行って、好きな町の役に立ちたかった。

それを、止めようとして、早瀬さんは、あの日の夜、三鷹に十津川さんを、訪ねていったのです。

なぜ、早瀬さんが、十津川さんを、訪ねていったのか、そのことは、きっと、由美さんが、話しているでしょう。

私は、慌てて、止めようとしました。それで、喧嘩になってしまった。頑固な早瀬さんは、頑として、オーケイしてくれないのです。

それどころか、猛反対して、もし、私が魔法使いの格好をして、新十津川町に行ったりしたら、マスコミに、ぶちまけてやると、いったのです。

それで、私も、ついカッとなって、喧嘩になってしまいました。

そのあとのことは、よく覚えていません。とにかく、私は、早瀬さんを彼が持っていた拳銃で、殺してしまったのです。それだけは、間違いありません。

そのあと、私は逃げるようにして、中田さんと一緒に新十津川町に行き、毎日のように、魔法使いの格好をして、跳び上がって町の住民を驚かせました。

面白いもので、新十津川町には、魔法使いが住んでいるという話になって、観光客が、ドッと、押しかけるようになったのです。

私が希望した通り、観光客が増え、新十津川町は有名になり、うまくいけば、一日一本に、なってしまった列車も、三本に、復活できるかもしれない、というところまで来ました。そうなれば、素晴らしいと今も思っているのですが、それまで、生きていられるかどうか、わからないのです。

とにかく、激しい、副作用のために、私の心臓やそのほかの、内臓器官はすべて、人の二倍も三倍も早く、弱っていくといわれました。

たぶん、まもなく、私は死ぬでしょう。

その前に、十津川さんに、お願いしたいことがあります。

第一は、早瀬誠一郎さんを殺した容疑で、逮捕されている中田さんのことです。彼は、殺人犯ではありません。私が、早瀬誠一郎さんを、殺したのです。ですから、一刻も早く、彼を、釈放してください。

考えてみると、私は、彼に世話ばかりかけてきました。

私は、人一倍わがままなくせに人一倍気が弱いのです。走り高跳びの選手の時、成績が上がらず、何とか成績を上げようとして、中田さんに注意されていたのに、彼の目を盗んで、あの薬を飲んでしまったのです。その結果、異常に、高く跳べるようになると、得意になり、それがドーピング問題に触れると、今度は、彼に泣きついて、何とかしてくれと、頼んだりしてきました。最後には、彼に、殺人犯の身代わりまで、させてしまったのです。それでも、彼は、ほんの少しの文句もいわず、私のために、殺人犯の汚名をかぶってさえくれたのです。

やっと、私は、彼の役に立てる時が来ました。すぐ彼を釈放してください。彼には、ちゃんとしたアリバイがあり、それを隠して、私のために、自首してくれたのですから。

それから、私は魔法使いのまま、この世から消えていきます。もし、魔法使いとして町から、賞金が出るようなことがあったら、そのお金はすべて、新十津川駅の、改修に使ってください。

それに、無人駅ではなく、駅員を一人、置くようにしてください。あの駅は、もっときれいで美しくなければ、新十津川町の駅としてはふさわしくありません。無人駅ではいけません。

最後に、早瀬由美さんに、お父さんの誠一郎さんを殺してしまったことを、私に代わってお詫《わ》びしてください。私にとって、今、そのことが、いちばんの、気がかりになっていますから」

これが、赤坂庄五郎の手紙だった。

差し出した場所は、東京である。

ひょっとすると、赤坂庄五郎は、東京の三鷹に、来るのではないか？　あるいは、警視庁に来て、元マネージャーの中田宏司の釈放を要求してくるのではないかと、十津川は考えた。

しかし、赤坂庄五郎は、三鷹にも、警視庁にも、姿を現さなかった。

4

魔法使いの、赤坂庄五郎の行方がわからないまま、一週間が経った。

そして、一週間後に、京都の府警本部から、十津川に、電話の連絡が入った。

「赤坂庄五郎さんを、探していらっしゃるんでしたね？」

「ええ、そうです。今でも探しているところです」

「それなら、こちらに、いらっしゃってください」

と、相手が、いう。

「赤坂庄五郎が、京都で、何かしているのですか？」

十津川が、聞くと、

「京都で亡くなりました」

と、いう。

十津川は亀井を連れて二人で、急きょ、京都に向かった。

京都駅には、京都府警本部のパトカーが、二人を迎えに来ていた。

二人が、パトカーの後部座席に、乗り込むと、助手席にいた府警本部の刑事が、ふり向いて、

「赤坂庄五郎さんのご遺体は、今、京都府警本部のほうに安置してあります。赤坂さんが亡くなっていたのは、東山《ひがしやま》の京都霊山護国《りょうぜんごこく》神社の境内だったのですが、どちらに先に行かれますか？」

と、聞いた。

「まず、彼が亡くなっていた場所に、案内してください」

と、十津川が、頼んだ。

十津川は、霊山護国神社に行ったことがある。その神社が有名なのは、境内に坂本龍馬の墓があるからだった。

そのため、坂本龍馬の命日には、若い人たちが、集まってくるともいわれている。

まず、そこに、パトカーで向かった。

ひょっとすると、赤坂庄五郎は、坂本龍馬の墓の前で死んでいたのではないかと、十津川は、思ったのだが、京都府警の刑事に話を聞いてみると、少し違っていた。坂本龍馬の墓の近くに、十津川郷士中井庄五郎の墓があったからである。

坂本龍馬を尊敬し、彼の敵を討ちたくて、新撰組の中に斬り込み、逆に二十一歳で亡くなってしまった中井庄五郎の墓は、人々の力で、坂本龍馬の墓の近くに建てられていた。

赤坂庄五郎は、その中井の墓の前で死んでいたと、京都府警本部の刑事が、教えてくれた。

「よほど、赤坂庄五郎さんは、十津川郷士の中井庄五郎のことが好きだったようですね」

と、京都府警本部の刑事が、いった。

「ええ、その通りです。それは前からわかっていたのです」

とだけ、十津川が、いった。

文庫版あとがき　～十津川村と新十津川町～

西村京太郎

奈良県の十津川村とは、古いつき合いである。主人公の名前に悩んだあげく、十津川の名前を無断拝借してしまったのだが、私は、十津川村の歴史と、人々の性格が好きだった。

昔から、天皇さんが好きで、自分たちの先祖は、神武東征の時、先導した八咫烏だと信じている。純朴で一途な人たちである。

その十津川村が明治二十二年の大水害で破滅的な被害を受け、その復興のために、多くの人々が未開の北海道の土地に移住したことは知っていたが、どんな町になっているのかは知らなかった。

とにかく、大変な荒野で、クマも出没していたというから、その苦労は、並大抵のものではなかったろうと想像がつく。それが今は、本家の十津川村より大きな町に成長したというので興味を持った。しかも、札幌発札沼線の終点だというのである。さらに札沼線は学園都市線の愛称もあると聞いて、大学のある教育都市を思い浮べたのだが、実際は、少しばかり違っていた。

北海道らしく大きな町だった。碁盤の目のように整然と作られていて、スポーツ施設は整っている。将来性を感じさせる町なのに、北海道、いや、日本全体の過疎の影響も、もろに受けていた。そのため、肝心の札沼線が終点の新十津川町まで来なくなってしまうとも聞いた。

日本中で聞く赤字路線の話である。北海道は、航空路線との競合もあって、鉄道の赤字路線のスピードは早いのである。

私は、終点の新十津川町の発展に応じて、札沼線の本数も、乗客も増えると期待していて、それを小説に書きたかったのに残念でならない。

幸い、町の近くを、函館本線が走っているので、そのうちに第二の新十津川町駅が出来るだろう。

新十津川町自体も、米や野菜も豊かで、酒もおいしい。空気も水もきれいで、町の人たちは勤勉だから、精密工業の発展も期待される。その点は、全く心配は感じられなかった。

私としては、他に、新十津川町の歴史にも関心がある。十津川村の歴史とつなげれば、日本の現代史になると思うからだ。

日本の現代は、明治維新に始まっている。明治維新というと、ひたすら、徳川幕府の大政奉還と、薩長の新政府軍の活躍が語られるが、その過ちの部分が見過ごされてしまう。それを、もっとも強く示すのが、十津川郷士だろう。彼らの持つ尊皇の心と、生真面目さが利用され、一時はニセ官軍の汚名まできせられている。このことを詳しく書くことによって明治維新の暗い部分が、明らかになると思うのだ。

もう一つ、最近の日本は、天候異変から来る大災害に悩まされている。時には、村をあげて、移転を考える必要もあるという。

その参考になるのが、明治二十二年の十津川村の大水害だと思う。とにかく村の半数以上の人々が、新天地を求めて移転を決意せざるを得なかったからである。

この時の苦労は、そのまま、現代の大災害の参考になると、私は確信する。しかも、新十津川町という町を作ることに成功しているのだから。

解説

山前譲
（文芸評論家）

まっ白な雪原を一直線に延びる鉄路と、そこをのんびりと走っていく一両のディーゼルカー――冬の北海道では珍しくない光景である。ロマンチックで旅心を誘われるかもしれないが、地元住民には切実な問題がそこに潜んでいるのだ。車内をのぞき込めば乗客の少ないことに気づくだろう。このままでは廃線……。

札沼線もそんな危機を抱えていたのである。札幌市の桑園駅と新十津川町の新十津川駅を結ぶ路線だが、実態としては札幌駅が発着駅となっていて、学校や企業が多い途中駅まではかなりの本数が運行されていた。ところが、新十津川駅を発着する列車は上下各三本しかないのである。そして今度のダイヤ改正で、それが一本に減便されてしまうというのだ。新十津川駅からは通勤客や通学客すらほとんど利用していない。鉄道会社としてはしかたがない判断かもしれないが、新十津川町にとってはゆゆしき問題なのだ。

そんなことが話題となっている新十津川町を、この『札沼線の愛と死　新十津川町を行く』で十津川警部と亀井刑事、そして日下刑事が訪れている。十津川の自宅の最寄り駅で中年男性の他殺体が発見された。アイスバーンとなっていた道路に、血で書かれた十字のマークがある。それは何を意味するのだろうか?「十津川」の「十」ではないのかという意見が、捜査会議で出る。十津川には見覚えのない男だったが、警察に電話が入った。殺された男は十津川警部に、招待状を届けに行ったのだという。十津川は思い出した。かつて奈良県の十津川村から招待状が来たことを……。

十津川警部のファンならば、その名字が奈良県南部の十津川村に由来していることは知っているだろう。紀伊半島の最深部に位置し、その面積は奈良県五分の一ほどを占めているが、千メートルを超える山が連なり、深い渓谷と相俟って、太平記に「鳥も通わぬ十津川の里」と書かれるほどの秘境である。

その十津川村の多くの住人が、かつて北海道へと移り住んだ。明治二十二年、一八八九年八月、紀伊半島は台風による大雨で大きな水害に見舞われた。十津川郷(その頃は六つの村から成り立っていた)には大規模な土石流が迫り、甚大な被害が出る。死者百六十八人、土地や家屋を失った人は約三千人にもなったのだ。当時の十津川郷の人口は一万三千足らずだったというから、絶望に駆られたことだろう。その地で生活を早急に再建するのは難しい。そう判断した人たちは北海道の未開拓地に希望を求めた。それが新十津川町のルーツなのだ。

約六百戸、二千五百人ほどが神戸の港から北の大地へと旅立ったのは、災害からわずか二か月ほどしか経っていない頃である。北海道の開拓を急いでいた政府による費用の負担があり、多くの寄付もあったという。危機を感じた人たちの尽力があっての移住だったけれど、それだけ十津川村の災害は特筆されるものだったと言える。

移住の地は空知地方の中部だ。三班に分かれて小樽の港に着いた十津川村の人々には、厳しい道程が待っていた。そして一行が着いた頃には冬が迫っていた。屯田兵用の家屋にいったん仮住まいをする。翌年、雪解けを待って、石狩川の流域である現在の新十津川町の一帯に移った。原野を区画して家を建て、農地を開墾していくのだった。

二年間は食糧が保障されたというが、自然の厳しさは今以上だったろう。凶作や石狩川の氾濫が何度も襲ってきた。それでもさまざまな工夫によって生活の糧を得ていく。新十津川村が設置されたのは一八九〇（明治二十三）年である。そして翌年には小学校が開校した。文武に長けていた郷里への思いがあってのことだ。北海道への過酷な道、そして苦難の連続であった開拓の歴史は、川村たかし『十津川出国記』（道新選書　一九八七）に詳しく記されている。町制が施行されたのは一九五七（昭和三十二）年である。

この『札沼線の愛と死　新十津川町を行く』の冒頭で、十津川警部は奈良県の十津川村について熱く語っている。十津川村に関係した十津川シリーズの長編は幾つかあるが、特に本書に関係ある作品として、『十津川警部　坂本龍馬と十津川郷士中井庄五郎』（集英社　二〇一九）を挙げておこう。その十津川村の住人によって開拓された新十津川町にも、十津川が親近感を抱くのは当然だ。

招待状について十津川村と新十津川町に問い合わせた十津川は、十津川町の反応に疑問を抱く。何か問題が起きているのではないか？　札沼線の新十津川駅に着いた十津川たちは、タクシーで町内を巡る。町役場や町民の信仰心の表れである出雲大社（！）、物産館と奈良の郷土料理がメニューにあるレストラン……だが、血文字を残して死んだ男の情報は得られない。それどころか、奇妙な噂を耳にする。二階の屋根まで飛び上がることのできる魔法使いが出たというのだ。その噂は全国的になり、新十津川町に注目が集まる。そして十津川らの捜査も、魔法使いの正体の解明がメインになっていくのだった。

タイトルに謳われている札沼線が全通したのは一九三五（昭和十）年十月三日だ。札幌と留萌本線の石狩沼田を結んでいたから札沼線と名付けられた。函館本線の西側を並走している路線だが、特に滝川駅と新十津川駅は近く、それを利用したアリバイ物のミステリーもある。

開業時、新十津川駅は中徳富駅という名前で、改称されたのは一九五三年だ。じつは、ながらくこの駅は「しんとつがわえき」と読まれていた。町のほうは「しんとつかわ」である。「旭川市《あさひかわ》」と「旭川駅《あさひがわ》」のように、自治体の読みと駅名の読みが微妙に違っている例はかつて北海道ではよくあった。近年は統一されているようだが、十津川《とつがわ》警部は新十津川駅により親近感を抱いたかもしれない。

その札沼線に危機が迫ったのは一九七一年である。当時の国鉄が石狩沼田・新十津川間の廃止を沿線自治体に提案したのだ。結局、翌年の六月十九日をもって、その区間は廃止されてしまう。

　その直前、五月の時刻表を見ると、新十津川駅からは一日に上下五本の列車が発着している。一部の列車は深川まで直通運転していた。もちろんと言うべきなのかどうか、急行などの優等列車は運行されていない。札幌駅から新十津川駅までは二時間十分から五十分、石狩沼田までは三時間十分から五十分ほどの、のんびりとした鉄道旅だ。一度、三月に深川から廃止された区間内にある朱鞠内駅まで乗車したことが思い出される。全道一の豪雪地帯と言われるところへの旅の記憶は、今も鮮烈だ。

　一部区間の廃止にもかかわらず路線名は継承された札沼線に、さらなる危機が訪れる。列車の減便だ。この『札沼線の愛と死　新十津川町を行く』は「月刊ジェイ・ノベル」に二〇一六年四月から十月まで連載され、翌二〇一七年二月にジョイ・ノベルス（実業之日本社）の一冊として刊行されたものだが、その連載期間中に新十津川駅を発着する列車が上下一本になるというダイヤ改正を迎えたのである。

　それもじつに変則的で、朝の九時台に上り列車が新十津川駅に到着し、数十分後には折り返しで出発してしまうのだ。もう次の列車はない。日本一早い終電として話題になった。けれど、地元住民にとってはじつに利用しにくいダイヤだろう。もっとも、バスや自家用車を移動手段とする人が多く、その列車の乗客は鉄道ファンばかりということが多かったらしいが。

一九八七年四月の国鉄分割民営化でＪＲ北海道の一路線となっていた札沼線に、二〇一六年、新たな危機が迫る。そのＪＲ北海道が、一部区間の維持が困難であると発表したのだ。ほかにも多数の赤字路線を抱えているだけに、その判断を覆すことはできなかった。二〇二〇年五月七日をもって北海道医療大学・新十津川間を廃止すると決定された。

実は、二〇一二年に桑園駅から北海道医療大学駅まで電化され、都市近郊路線としてかなりの本数が運行されている。一九九一年にはすでに学園都市線という愛称が付けられていた。札沼線の全区間を通して走る列車に、もう存在意義はなくなっていたのだ。そんな時代の流れのなかで、十津川警部にとっては残念なことだろうが、新十津川駅も北海道では数多い廃駅のひとつとなってしまうのだ。

そうした鉄路の変遷を描いてきたのが西村京太郎氏の十津川警部シリーズであ

る。ユニークな犯罪の謎解きとなっているこの『札沼線の愛と死　新十津川町を行く』もまた、メモリアルな長編として読み継がれていくに違いない。

二〇一七年二月　ジョイ・ノベルス刊

本作品はフィクションであり、実在の個人
および団体とは一切関係ありません。(編集部)

実業之日本社文庫　最新刊

鳥羽 亮
剣客旗本春秋譚　虎狼斬り
北町奉行所の定廻り同心と岡っ引きが、大川端で斬殺された。その後も、殺しが続く。辻斬り一味の目的とは。市之介らは事件を追う。奴らの正体を暴き出せ！

と216

西村京太郎
札沼線の愛と死　新十津川町を行く
殺人現場の雪の上には、血で十字のマークが。さらに十津川警部に謎の招待状!?　捜査で北海道新十津川町へ飛ぶが、現地は魔法使いの噂が!?（解説・山前 譲）
に122

西村 健
バスを待つ男
無趣味の元刑事がみつけた道楽は、都バスの小さな旅。東京各地を巡りながら謎と事件を追う。解決するのは家で待つ麗しき妻！（解説・杉江松恋）
に71

南 英男
強欲　強請屋稼業
ヘッドハンティング会社の女社長が殺された。一匹狼探偵・見城豪が調査を始めると、背景に石油会社の買収を企む謎の団体が。執念の追跡を悪の銃弾が襲う！

み715

前川 裕
文豪芥川教授の殺人講座
無双大学文学部教授でミステリー作家でもある芥川竜介。大学内外で起きる事件を迷推理？　現役大学教授作家が贈る異色文学講座＆犯罪ミステリー！

ま31

実業之日本社文庫　好評既刊

西村京太郎
十津川警部 鳴門の愛と死
十津川警部宛てに、ある作家から送られてきた一冊の本。それは一年前の女優強盗刺殺犯を告発する書だった。傑作トラベルミステリー。（解説・郷原 宏）
に1 1

西村京太郎
伊豆急「リゾート21」の証人
十津川警部は、一枚の絵に描かれた容疑者の完璧なアリバイを法廷で崩すことができるのか!? 緊迫の傑作長編トラベルミステリー！（解説・小梛治宣）
に1 2

西村京太郎
母の国から来た殺人者
事件のカギは母恋駅——十津川警部は室蘭に飛ぶが、犯人と同名の女性は既に死んでいた……。愛と殺意の連鎖を描く長編ミステリー。（解説・香山二三郎）
に1 3

西村京太郎
十津川警部 あの日、東海道で
東海道五十三次の吉原宿を描いた広重の版画が語る謎とは？「青春18きっぷ」での旅の途上で日下刑事が遭遇した事件との関連は？（解説・原口隆行）
に1 4

西村京太郎
十津川警部捜査行 殺意を運ぶリゾート特急
十津川警部の推理が光る、蔵王、富士五湖、軽井沢、伊豆、沖縄を舞台にした傑作短編選。これぞトラベルミステリーの王道、初文庫化。（解説・山前 譲）
に1 5

実業之日本社文庫　好評既刊

西村京太郎
私が愛した高山本線
古い家並の飛騨高山から風の盆の八尾へ。連続殺人事件の解決のため、十津川警部の推理の旅がはじまる！長編トラベルミステリー（解説・山前 譲）
に1 11

西村京太郎
十津川警部 東北新幹線「はやぶさ」の客
豪華車両は殺意の棺!? 東京と青森を繋ぐ東北新幹線のグランクラスで、男が不審な死を遂げた。事件の裏には政界の闇が――？（解説・香山二三郎）
に1 12

西村京太郎
十津川警部捜査行 北国の愛、北国の死
疾走する函館発「特急おおぞら3号」が、札幌で発生した女性殺害事件の鍵を運ぶ……鉄壁のアリバイを打ち崩せ！大人気トラベルミステリー。（解説・山前 譲）
に1 13

西村京太郎
十津川警部捜査行 日本縦断殺意の軌跡
新人歌手の不可解な死に隠された真相を探るため十津川班の日下刑事らが北海道へ飛ぶが、そこには謎の墓標が。傑作トラベルミステリー集。（解説・山前 譲）
に1 14

西村京太郎
十津川警部捜査行 伊豆箱根事件簿
箱根登山鉄道の「あじさい電車」の車窓から見つけた女は胸を撃たれ――伊豆と箱根を舞台に十津川警部が事件に挑むトラベルミステリー集！（解説・山前 譲）
に1 15

実業之日本社文庫　好評既刊

梓林太郎
高尾山　魔界の殺人　私立探偵・小仏太郎

この山には死を招く魔物が棲んでいる!?——東京近郊の高尾山で女二人が殺された。事件の真相を下町探偵が解き明かす旅情ミステリー。（解説・細谷正充）

あ35

梓林太郎
富士五湖　氷穴の殺人　私立探偵・小仏太郎

警視庁幹部の隠し子が失踪!?　大スキャンダルに発展しかねない事件に下町探偵・小仏太郎が奔走する。傑作トラベルミステリー！（解説・香山二三郎）

あ36

梓林太郎
長崎・有田殺人窯変　私立探偵・小仏太郎

刺青の女は最期に何を見た——？　警察幹部の愛人を狙う猟奇殺人事件を追え！　下町人情探偵が走る、大人気トラベルミステリーシリーズ！

あ37

梓林太郎
旭川・大雪　白い殺人者　私立探偵・小仏太郎

北海道で発生した不審な女性撲殺事件。解決の鍵は、謎の館の主人が握る——？　下町人情探偵が事件に挑む！　大人気トラベルミステリー！

あ38

梓林太郎
スーパーあずさ殺人車窓　山岳刑事・道原伝吉

新宿行スーパーあずさの社内で男性が毒殺された。山岳刑事・道原伝吉は死の直前に彼と会話をしていた謎の女の行方を追うが——。傑作トラベルミステリー！

あ39

実業之日本社文庫　好評既刊

梓林太郎
姫路・城崎温泉殺人怪道　私立探偵・小仏太郎
冷たい悪意が女を襲った——！　衆議院議員の隠し子失踪事件と高速道路で発見された謎の死体の繋がりは？　事件の鍵は兵庫に…傑作トラベルミステリー。
あ3 10

梓林太郎
爆裂火口　東京・上高地殺人ルート
深夜の警察署に突如現れた男は、頭部から血を流しながら自らの殺人を告白した。事件の手がかりは「カズコ」という謎の女の名前だけ…傑作警察ミステリー！
あ3 11

梓林太郎
函館殺人坂　私立探偵・小仏太郎
美しき港町、その夜景に銃声が響いた——。謎の女の存在がこの事件の唯一の手がかり？　人情探偵よ、逃亡者の影を追え！　大人気トラベルミステリー。
あ3 12

梓林太郎
反逆の山
拳銃を持った男が八ヶ岳へと逃亡。追跡が難航するなか、拳銃の男から捜査陣にある電話がかかってくる。犯人と捜査員の死闘を描く長編山岳ミステリー
あ3 13

池井戸潤
空飛ぶタイヤ
正義は我にありだ——名門巨大企業に立ち向かう弱小会社社長の熱き闘い。『下町ロケット』の原点といえる感動巨編！（解説・村上貴史）
い11 1

実業之日本社文庫 に1 22

札沼線《さっしょうせん》の愛《あい》と死《し》　新十津川町《しんとつかわちょう》を行《い》く

2020年4月15日　初版第1刷発行

著　者　西村京太郎《にしむらきょうたろう》

発行者　岩野裕一
発行所　株式会社実業之日本社
〒107-0062　東京都港区南青山5-4-30
CoSTUME NATIONAL Aoyama Complex 2F
電話［編集］03(6809)0473［販売］03(6809)0495
ホームページ　https://www.j-n.co.jp/
D T P　ラッシュ
印刷所　大日本印刷株式会社
製本所　大日本印刷株式会社

フォーマットデザイン　鈴木正道（Suzuki Design）

ISBN978-4-408-55587-4（第二文芸）